Oscar Aguilar

Maisha y el hombre lobo

Por Oscar Aguilar

PRÓLOGO

Cómo se creó Maisha y el hombre lobo

Maisha y el hombre lobo empezó a gestarse hace muchos años.

Desde que era niño hubo temas que los libros de mamá no sabían explicarme. Pero la tía Amparo tenía otras obras, que versaban sobre temas esotéricos. En ellos podía consultar un poco más; esos libros ya tenían respuestas, pero limitadas. Así que papá y mamá compraron más libros. Y en la secundaria ya había biblioteca. Pero la biblioteca de la secundaria no tenía temas misteriosos, aunque sí científicos. Y de visita en casa de los amigos llegaba a encontrarme con libros que, si bien no tenían toda la información que quería, sí daban una orientación sobre temas que me interesaban.

Claro, no hay un libro único donde encuentres todas las respuestas al tema de los hombres lobo. O de algunos otros temas que me interesaban.

Así que uno va completando el expediente de ese tema con lo que llega por todos los medios: la televisión, las películas, lo que dice la gente y, claro, lo que se ha aprendido en los libros. De pronto, un día llegó mi papá con una máquina de escribir eléctrica. Hasta entonces había utilizado la máquina de escribir mecánica para los trabajos de la secundaria. Pero la verdad es que a veces me daba flojera escribir en ésa. Tanto que mamá terminaba ayudándome a completar los trabajos. Ella escribía muy rápido a máquina. Unos días antes de la llegada de la máquina eléctrica a mi casa, mi padre había llevado cerca de un millar de hojas membretadas, como de papel mantequilla o cebolla. Parece ser que las hojas tenían un mínimo defecto de impresión y se habían humedecido en una bodega, por lo que ya o las iban a utilizar, y papá las llevó a casa para no tirarlas a la basura. La textura de las hojas llamó mi atención. Dibujé en esas hojas. Empecé a escribir a mano en ellas. Y así, sin plan ni premeditación, escribí y escribí en esas hojas. No sabía por qué, pero algo se había activado y me impulsaba a escribir; entonces seguí el impulso y dejé que mi mente plasmara en las hojas mis primeras historias de ciencia ficción. Pero lo más interesante para mí en ese momento era utilizar las hojas para escribir en la máquina eléctrica. Recuerdo que la máquina utilizaba esferas de metal con los tipos, una cinta plástica para dejar impreso un negro perfecto: el de la tipografía –a diferencia de la máquina mecánica, que conforme se gastaba iba convirtiéndose en gris cada vez más claro, y a veces la intensidad de ese gris dependía de la fuerza con la que le pegaras a la tecla–. El corrector en la máquina eléctrica era una cinta blanca que corregía también a la perfección, superando por mucho el corrector líquido o corrector para máquina mecánica. Además se podía cambiar el tipo de letra cambiando la esfera. Me gustó mucho la finura en la presentación que daba la máquina eléctrica.

Curiosamente, ahora que escribo este prólogo, mis padres están vendiendo, entre otras cosas, esa máquina de escribir, ahora muy vieja, pues hace falta el dinero; hay crisis económica en todos lados. Así que la experiencia de escribir en la máquina eléctrica era, en ese entonces y para mí, como utilizar tecnología de punta.

Preparé todo y empecé a escribir una historia. Y de pronto me aislé del mundo, concentrándome en la historia que estaba escribiendo y en la experiencia de utilizar la máquina de escribir. No era la primera vez que me sucedía eso de aislarme del mundo; me había sucedido también antes, al escribir a mano. Y seguí escribiendo conforme se me iba presentando esa historia, casi de forma automática. Pronto salió en la historia que el personaje se convertiría en hombre lobo… Pero no era "Maisha y el hombre lobo" lo que estaba escribiendo. Era una historia de un hombre lobo adolescente y su enfrentamiento con la magia. Escribí gran parte de esa historia utilizando los conocimientos que había adquirido sobre el tema, pero la obra quedó inconclusa durante mucho tiempo; años, incluso. Tiempo después, ya había escrito otras cosas; no utilizaba la máquina de escribir eléctrica, sino la computadora, y volví a esa historia del lobo adolescente. Al leerlo me decepcioné un poco, por varias razones. Lo que había escrito años antes ya no parecía tan "vigente", aunque la esencia sí me parecía válida. La historia se parecía a una película hollywoodense que apareció unos años antes de esa segunda revisión, pero tiempo después de que yo la había escrito. A veces uno hasta cree que puede haber conexiones mentales por donde alguien te puede estar espiando o copiando tu trabajo. Pero la película, por mala que fuera, se había terminado, se había producido y se había exhibido. Y mi historia no. Aún estaba inconclusa. Así que decidí terminarla.

Para entonces ya había investigado mucho más, ya había acceso público al Internet, donde pude averiguar otras cosas, obtener nuevos contactos, conocer experiencias y leyendas sobre el tema en varios países, diferentes enfoques sobre los hombres lobo. Y aunque la historia del lobo en la universidad no fue de mi total agrado, considero que tiene valor por varios motivos: primero, porque me permitió plasmar mucha información real sobre el tema en el libro. Por ejemplo, hay una escena (sí, aunque escribo libros siempre estoy pensando como si fuera cine) en donde el profesor Ledger lleva al inspector Cromwell a un oscuro hospital, donde le muestra un paciente con una enfermedad muy extraña, la cual es, en realidad, uno de los orígenes de los mitos del vampiro y de los hombres lobo. Y el segundo aspecto de valor es que esa historia me llevó a dar más explicaciones sobre el tema de hombres lobo en más libros. Como ahora, precisamente en Maisha y el hombre lobo.

Al empezar a escribir específicamente para este relato —antecedente inmediato de la novela que tiene usted en sus manos— mi marco cultural y mi entendimiento de los temas mágicos y esotéricos (que no son lo mismo) eran muy distintos de cuando empecé la otra historia. Tanto, que hubiera querido tirar a la basura la obra del lobo en la universidad y quedarme con las posteriores. Pero por las razones que ya mencioné, y además porque me convencí que si el resultado de esa época había sido el texto así, era una obra auténtica y debería permanecer como tal, con sus virtudes y defectos; la obra se quedó.

Con Maisha y el hombre lobo fue diferente. También me apasionó escribirla, pero desde que quedó terminada la historia sí me gustó. Como la obra se desarrolla en una época diferente, no me iba a provocar el desencanto de que dejara de ser "moderna", como lo había sentido con la primera.

Las prácticas mágicas descritas en el libro tienen su razón de ser. Las personas con conocimiento mágico identificarán qué está sucediendo en cada escena entre Maisha y el hombre lobo.

Esta novela queda ubicada en alguna parte de la literatura de ficción, aunque alejada de la ciencia ficción que inicialmente escribía. Pero sí engancha entre otros dos géneros de la literatura de ficción: la narrativa del terror y la literatura fantástica. Se inclina más hacia la segunda, pero un hombre lobo y lo que a éste le rodea no puede dejarse fuera de las narraciones de terror.

La obra no es sólo fantasía, ya que los preceptos mágicos tienen base en creencias o prácticas de antiguas civilizaciones.

Desde luego es ficción; no es realismo mágico porque su finalidad no es presentar lo extraño como algo cotidiano y no se trata de una actitud frente a la realidad, sino más bien una realidad alternativa.

A las historias que escribo como Maisha y el hombre lobo las llamé "Magia ficción". A diferencia del realismo mágico, la magia ficción no pretende derribar la barrera entre lo real y lo fantástico, sino más bien es una forma diferente de traspasar de ida y vuelta la barrera entre lo real y lo fantástico a través de la magia.

¿Qué es la magia ficción?

Para definir el término "magia ficción" hay que tener en cuenta lo siguiente:

Dentro de la literatura de ficción se pueden distinguir, entre otros géneros, la fantasía, la ciencia ficción y el terror. Dentro de la fantasía se menciona o se hace uso de la "magia", dejando en los terrenos de la imaginación si esta magia existe, no existe, de dónde sale y cómo se aplica. En esta clasificación podrían entrar desde los cuentos de hadas hasta el realismo mágico.

En la ciencia ficción es distinto: ésta se basa en principios científicos, es decir, hipótesis comprobadas, experimentación probada, preceptos establecidos como científicos, de las ciencias exactas –física, química, lógica-matemática– que sientan las bases para que la literatura vaya más allá y cree sus propios mundos sin perder las bases en las ciencias exactas. Eso le da a la ciencia ficción esa característica de generar realidades posibles o escenarios probables; por lo mismo, la ciencia ficción a veces llega a hacerse realidad.

Entendiendo estos términos podemos tener claro qué es la magia ficción. Es aquel estilo literario que está basado en principios y prácticas mágicas reales, comprobables (hasta donde la magia se pudiera "comprobar"), o al menos comúnmente aceptados por algunos grupos humanos y que, independientemente de su efectividad, existen en el mundo real, como práctica o tradición. De ahí la magia ficción usa estos principios y prácticas como base para crear realidades alternativas.

Por ejemplo, dentro de la fantasía encontramos a Pinocho o a Peter Pan.

Dentro de la ciencia ficción pudiéramos mencionar 20,000 leguas de viaje submarino o Gattaca.

De magia ficción, recuerdo una película llamada Manitou, que se basa en una leyenda india sobre el concepto del espíritu. Y desde luego, esta obra, Maisha y el hombre lobo.

Espero entonces que esta historia tenga el justo balance de ficción, magia, terror y, sobre todo, corazón para que sea de su agrado.

El autor

EL GRAN ABUELO

El libro del "Gran Abuelo Lobo"

La historia personal que dejó a sus hijos y familiares.

Este libro es la historia de mi vida. O, más bien, de la segunda parte de mi vida.

Lo que aquí cuento es para legado de mis hijos, nietos y descendientes.

Lo escribo porque hay algo que nos hace distintos, especiales, diferentes.

Y conocernos a nosotros mismos nos hace mejores, más fuertes pero, sobre todo, nos hace libres. Siempre saber la verdad y estar preparado para sus consecuencias hace de nosotros hombres libres.

Sirva entonces mi experiencia como legado para mi descendencia.

- 8 -

MAISHA Y EL HOMBRE LOBO

I

HARTO DE LA VIDA ASÍ

Estoy cansado de la vida que llevo. Y hoy emprendo con todo lo que tengo un cambio absoluto. Viajo hacia otro continente llevando conmigo la esperanza del cambio total de vida que necesito. Me dirijo a la colonia española, a la Nueva España. Sé que puede sonar como una historia típica del europeo que se lanza a América en busca de fortuna. No es así. Mi historia es especial —o más bien, nuestra historia, porque estoy escribiendo este relato a la familia que algún día tendré—. Conforme lean estarán de acuerdo.

Mi situación actual, que propicia mi decisión de irme al nuevo continente no parecería ser tan mala a los ojos ajenos. A pesar de que mi padre tenía estudios y era muy inteligente, nunca tuvo un empleo bien pagado. Incluso tuvimos que mudarnos en varias ocasiones a distintos lugares dentro de Francia para conservar su trabajo. Mi madre fue originaria de Alemania, aunque desde que conoció a papá vivió en Francia. Es cierto que siempre vivimos con mucho amor y cariño en casa y nunca me faltó lo esencial para vivir, crecer y estudiar. Estudié medicina y, ahora que soy médico y me inicio en el ejercicio de mi profesión, sé que no voy a ser feliz si sigo como voy. Por ejemplo, mi abuelo también era médico. Por él me interesé en la medicina. Tenía su consultorio y era el médico del pueblo. De ahí se mantenía y sacó adelante a su familia. Pero nunca mejoró en posición social ni destacó. Con papá fue similar. Papá era constructor y le dio gusto cuando yo decidí dedicarme a lo mismo que el abuelo.

Papá era muy bueno en lo suyo. Desde tallar muebles en madera para las casas hasta construir estructuras de las fábricas. Lo más que llegó fue a capataz. Pero tampoco destacó. Parecería que yo estoy obsesionado con el éxito profesional y personal que mi familia nunca tuvo; pero mis motivos van más allá de eso. Mis motivos tienen que ver con el porqué de ese anonimato calculado, la razón de esa… mediocridad intencional.

Tengo que explicarlo desde el principio. Mi frustración no tiene tanto que ver con el éxito profesional, sino con la libertad. Libertad que los varones, especialmente los primogénitos de mi familia, nunca tuvieron. Papá me explicó desde que yo era muy joven; entonces yo, tratando de comprender su pensamiento, pude meterme en su mente y entender su proceder. Supe que papá no daba lo mejor de sí y no le interesaba destacar debido al problema con el que vivió toda su vida; lo supe porque yo sufro de lo mismo que él. Y me lo advirtió a tiempo. Algo casi mágico. O más que mágico. Fue antes de mi cumpleaños 17 que papá me llamó para una plática formal con él, en privado. Mamá tuvo que irse a su recámara y papá empezó, muy solemne. Pensé que iba a hablarme de las chicas, el matrimonio o algo así. Imaginé que estaba exagerando y que además su plática llegaba tarde, pues ya sabía yo todo lo que un joven tiene que saber; aunque como nunca me habían conocido una novia, pues tal vez les daba en qué pensar. Pero la plática de papá fue muy distinta.

Él me ofreció una copa, cosa que nunca había hecho. A mi padre le gustaba tomar, pero nunca frente a mí y nunca había siquiera pensado en beber con él. Todavía no me había tocado mi primera borrachera, pero sí había bebido un par de veces. En casa no había gran selección de bebidas, pero recuerdo que bebimos de un buen brandy español que papá tenía.

—Hijo, con el paso del tiempo y según la edad los hombres van cambiando, van creciendo —empezó papá. Pensé que iba a decirme algo que ya sabía o normas morales, y me disponía a aburrirme cuando lo que dijo capturó mi atención de forma natural.

—Seguramente has palpado esos cambios naturales y estás muy consciente cada mañana cuando afeitas tu barba...

Lo que dijo me hizo saber que él había estado al tanto de mí. Era cierto, recientemente había comenzado a afeitarme. Había estado muy ansioso por que mi barba empezara a crecer desde hacía mucho y nada sucedía. Sólo hasta poco tiempo antes de aquella plática pude notar que ya tenía algo de barba... muy poco, que por cierto, ese día no había afeitado y papá se había dado cuenta; eso me decía que yo le importaba. Perdí un poco la atención de lo que papá decía al pensar en mi barba, pero presté todo mi interés en la parte que me explicó:

—También, hijo, hay otros cambios, que si bien son producto de la naturaleza, no son tan normales; sin embargo, hay que aceptarlos como son y estar bien conscientes de ellos...

Ya no estaba seguro de qué cambios hablaba papá.

—Hijo, nosotros, nuestra familia, somos especiales. Somos diferentes.

Ahora entendía menos. Claro que para mí nuestra familia era especial, especial en cariño, en todo lo que hacíamos juntos, pero... ¿diferente? ¿En qué? Si estábamos igual de amolados que todos los vecinos.

—¿Has sentido cambios últimamente en tu cuerpo? —preguntó de pronto papá.

No supe qué decir. No tenía nada raro, excepto que me atraían cada vez más las muchachas, y que me daba demasiada hambre; pero a mi edad eso era normal. Le dije que no había notado nada.

—Tienes que estar preparado, hijo, porque pronto algo empezará a sucederte por periodos cortos. Algo sobrenatural y que no puedes controlar.

—Me intriga, papá. ¿De qué se trata?

—Hijo, nuestra familia está hechizada —dijo papá bebiendo lo que quedaba de su copa—. Y pronto ese hechizo te alcanzará a ti. Así que hay que saber qué hacer.

—Pero dijiste que no se puede controlar. ¿De qué se trata?

—Hijo, tú, igual que yo, igual que tu abuelo y otras generaciones de la familia, nos convertiremos en bestias durante el periodo de luna llena.

No pude creer nada de lo que papá me decía. No recordaba que me hubiera mentido alguna vez, pero ese tipo de historias no estaban dentro de lo que mi percepción y mi intelecto pudieran aceptar. Lo miré incrédulo, esperando que riera para confirmar que había sido una broma, o que explicara la metáfora que acababa de exponer. Pero no fue así.

—Bestias lobo. Eso es lo que somos —continuó mientras servia más brandy—. Y es tiempo de explicarte. Lo sé. Lo sabrás también tú cuando sea el tiempo de explicarle a tu primer hijo, de la misma manera que a mí me explicó tu abuelo.

Empecé a cuestionar a mi papá de dónde sacaba esas ideas y me contó que varias generaciones atrás uno de nuestros antepasados había hecho un pacto con una bruja y, como resultado de dicho pacto, se convirtió en bestia-lobo. Además, como la dama bruja que le dio el poder de transformarse en lobo había faltado a alguna regla dentro de su orden, nuestro antepasado resultó maldito con el hechizo de transformarse en bestia lobo cada noche de luna llena, o en circunstancias especiales. La maldición se extendería a todos los primogénitos en la descendencia de aquél, nuestro antepasado. No había forma de salvarnos; además la orden de los brujos nos buscaba porque sólo acabando con nosotros podrían avanzar en su carrera por el poder y el dominio absoluto. Papá no se enredó más con explicaciones de la brujería, pero dijo que teníamos que cuidarnos siempre de los efectos de la transformación y además de ser descubiertos por los brujos. Mencionó que no se conocía poder alguno en el mundo capaz de librarnos del hechizo. No quedé convencido de la explicación de papá hasta que me dijo muy firmemente:

—Dentro de pocos meses te tocará a ti. Sufrirás tu primera transformación.

La palabra "sufrirás" me hizo sentir aún peor.

—¿Entonces duele, papá?

—Mucho. Tal vez el único dolor comparable es cuando te pegas en un testículo —me contestó—. Y lo que sientes el día siguiente no se compara a la cruda o resaca más criminal que puedas sentir en toda tu vida.

Él sabía que yo no bebía hasta emborracharme, pero entendí la comparación. Aunque años después puedo decir como médico que tal vez el único dolor comparable con el de la transformación es cuando una madre da a luz. Cierto, nunca he dado a luz, ni tendré esa experiencia, pero he atendido muchos partos. Papá siempre entendió mi espíritu científico y supo que yo necesitaba seguir las fases de observación, experimentación, hipótesis, teoría... así que decidió facilitarme la observación antes de la experimentación.

—Mañana es luna llena, hijo. Vendrás conmigo a las montañas, para que puedas observar.

Si bien mi mente racional no podía aceptar lo que papá había hablado esa noche, algo no me dejó dormir pensando qué sería de mí si todo aquello era cierto. Al día siguiente salimos por la tarde hacia las montañas. Mamá preparó comida como para una semana, aunque papá me había dicho que sólo era esa noche, o tal vez dos noches.

Cargamos nuestras mochilas durante más de una hora hasta llegar a una cabaña escondida en la montaña, aislada totalmente del resto del mundo. Sin embargo, tenía leña a la mano, estaba limpia y preparada como para recibir visitas.

—Esta cabaña la construí con mis ahorros y el trabajo de mis manos —dijo orgulloso papá—. Sin embargo, no es para vacacionar.

Me pareció muy extraña la habitación: era como una prisión. Más bien una jaula, con barrotes de acero, paredes recubiertas con metal y, aunque disponía de ventilación, estaba aislada para no dejar salir el sonido.

—Aquí me encerraré al llegar la noche —indicó papá—. Estaré bien. Y pase lo que pase, no me abras hasta mañana después de que el sol haya salido.

Me asusté con lo que papá dijo.

—¿Qué te extraña? Te lo dije. Voy a convertirme en bestia lobo. Y observa, algún día te sucederá a ti también. He construido esta cabaña y llevo años pasando aquí mis días difíciles. Tu madre lo sabe y a veces me visita durante esos días, pero no me gusta que venga, porque llora mucho. Construí esto pensando en facilitarte a ti la existencia, hijo.

Tu abuelo tuvo muchos problemas y fue difícil para él sobrellevar su conflicto. Para mí, desde que tengo esta casa, ha sido más fácil y seguro. Espero que lo sea también para ti.

Me explicó que se encerraba con candados que había traído de Suiza. Para abrirlos necesitaba meter la llave, dar vuelta y colocar en cada candado una combinación específica de tres números. Me dijo que en el estado de bestia era imposible realizar tal acción porque se perdía la voluntad; sin embargo, aun si

hubiese tratado de abrir siendo bestia,la estructura física de sus garras no le permitirían tomar una llave y darle vuelta; tampoco podría colocar los números correctos en las cerraduras.

El momento llegó y vi a mi padre gritar y literalmente aullar de dolor como nunca. Los cambios de los que me habló eran reales y eran cosa seria. Al final del proceso había quedado convertido en una bestia, con hocico de lobo, peludo y aunque físicamente podría llamarlo "hombre lobo", su actitud me recordaba más a la de un mandril furioso. Se aventó contra la reja, tratando de abrirla varias veces. Pensé que iba a romper la construcción. No lo logró, pero sí se hizo heridas en el cuerpo por tanto golpearse contra las rejas. Sentí muy feo saber que esa bestia era mi papá. Pero también sentí igual de feo al aceptar la idea de que pronto yo sería también una de esas bestias. No era como ver a tu papá calvo y saber que tú serás como él. Era mucho más profundo. Alguien le había causado daño a nuestro antepasado y un daño permanente a toda la familia. Sentí una especie de enojo, enemistad contra los brujos que habían hecho eso a mi padre... y a mi abuelo, y tatarabuelos, y quién sabe cuántas generaciones antes... y a mí.

A la mañana siguiente mi padre salió de la jaula y examinó

mis impresiones.

—No es tan terrible cuando aprendes a vivir con ello.

Además obtienes gran poder cuando eres una bestia como la que viste anoche.

—¿Poder? —pregunté intrigado.

—Sí —explicó papá—. Fuerza, energía acumulada, se puede golpear, correr, saltar, romper, ver cosas insólitas y a gran distancia, en la oscuridad, percibir un mundo entero por su olor, entender qué piensa o va a hacer la gente por el olor que despide en ese instante. Por ejemplo, si esta jaula no fuera de acero reforzado, podría haberla roto si se tratara de madera, o hasta hierro... Sólo que es imposible controlar el temperamento. Y recordar después también es imposible.

—Si no controlas ni recuerdas, ¿cómo sabes que se puede hacer todo eso?

—Yo no puedo controlar, tu abuelo tampoco podía; su padre tampoco, pero la tradición de boca en boca, como yo te la transmito ahora, habla de que algunos lobos bestia en los años finales de su vida empezaban a controlar. De hecho, el obtener poder fue la razón que movió a nuestro primer antepasado a pedir esta transformación a una bruja. Antes este tipo de transformaciones estaban reservadas a magos y brujos.

Me quedé con él tres días en su cabaña. Los tres días se transformó. La demostración de papá fue oportuna, porque al mes siguiente me transformé por primera vez. Estuve con papá en la cabaña, pero agregó una división a la jaula, que pude notar que tenía perfectamente preparada, tal vez para ese momento preciso, en el que necesitara meterse a la jaula junto con su hijo. El segundo día mamá nos llevó más comida y bebida. Fue un momento muy emotivo y los tres lloramos y nos abrazamos.

El tiempo pasó. Hace ya diez años de mi primera transformación y mamá y papá ya dejaron este mundo. Agradezco a papá el haber construido la cabaña, pero estoy harto de vivir preso de mi propio mal. Estoy cansado de no poder salir libremente de noche, de temer a la magia y la brujería, de saber que si llego a tener un hijo será igual de desdichado que yo. Cansado de no poder planear un éxito total en mi trabajo porque hay un mal que atender y prestarle importancia sobre todas las cosas...

No me he quedado de brazos cruzados. He estado investigando en estos diez años. Sé que en medicina no hay ningún remedio, nada siquiera parecido; por lo tanto, ni pensar en una cura.

Investigué todo lo que pude en bibliotecas, con sabios, con contactos, y aunque soy un experto en el tema de los hombres lobo y me he documentado muchísimo en brujería, no poseo ninguna solución. Investigué todo lo que pude de mi familia, mis antepasados lejanos. Si bien mis antepasados viajaron por Europa, casi siempre estuvimos en Francia. El abuelo ejercía la medicina en la región de Gevaudan,donde siempre había vivido mi familia. Siempre consulté la biblioteca del abuelo durante largos días, pues me gustaba estudiar. Yo ya sabía del mal familiar, pero casi nunca lo platiqué con el abuelo. Platicábamos mucho de medicina, pero rara vez y fugazmente de nuestro mal. Por ejemplo, cuando me preguntó:

—Lo sabes de hace tiempo, ¿verdad? —me preguntó cuando aún estudiaba medicina.

—¿Lo de nosotros? ¿De la familia?

El Abuelo asintió con la cabeza y agregó:

—Cuídate mucho. Con los años eso acaba por comerte la mente y poco a poco volverte loco.

Después de que ocurrió mi primera transformación, tuve que abandonar la región por mis estudios. Al poco tiempo supe que el abuelo había sido declarado muerto y papá había heredado sus propiedades.

Cuando regresé a Gevaudan, ya como médico, papá me contó que el abuelo realmente no había muerto, que había huido al monte y había perdido la razón, que era imposible hacerlo volver y tendríamos que olvidarnos de él. Me pareció una decisión drástica por parte de mi padre y me interné en las montañas a buscar al abuelo.

En medio de la noche lo encontré. Cierto instinto me guió hacia él a través del bosque. No era noche de luna llena. Pero el abuelo estaba convertido en hombre lobo. Era más horrendo que papá. No lo comparo conmigo, porque no me observo a mí mismo como hombre lobo, difícilmente recuerdo el proceso de transformación. El abuelo me gruñó y trató de asustarme para que me fuera. Pero yo sabía que era mi abuelo y no me intimidó. Hablé con él para tratar de hacerle entrar en razón y pedirle que volviera con nosotros. Al principio el abuelo no podía hablar, pero se transformó nuevamente en un hombre lobo un poco más humano y volvió su facultad de hablar. Sin embargo, su razón jamás volvió. El abuelo sólo hablaba de venganza, poder, sangre, vencer y matar para reunir poder, cosas que yo no entendí; todo lo decía con un afán por ser cada vez más lobo, más salvaje. Hubo un momento en el que pareció sentir nostalgia por la familia.

—Algún día tú también serás abuelo —me dijo—. Un gran abuelo.

Pero de inmediato me ordenó que me marchara y que no volviera por esos lugares, que —según él— le pertenecían totalmente. Sabía que mi abuelito, tal como lo conocí, ya no existía. Así que obedecí a la criatura y me retiré. Jamás volví a verlo.

Más tarde mi familia y yo nos mudamos a otra región de Francia. En nuestra nueva casa, papá volvió a construir jaulas, esta vez en el sótano; pero conservó la cabaña original.

Luego me enteré indirectamente que el abuelo había estado incontrolable causando muertes y heridos, y había sido esa la razón por la que papá decidió mudarnos. Escuché la historia de una bestia en la región de Gevaudan en boca de unos españoles en una taberna. Dijeron que la bestia había sido eliminada. Tuve la certeza de que se había tratado del abuelo. Lamentablemente no había nada que yo pudiera hacer ya por él. Pero tal vez sí por mí.

Estoy enterado que la Orden de los brujos que quiere deshacerse de mí —porque ahora soy el único que queda— está en Francia. Pero ellos no tienen ni idea ni noticia de mí. También descubrí algo que puede ser una pista, por un amigo español. Estoy ya de hecho viviendo en España, donde he estudiado sobre herbolaria y temas relacionados con la medicina. Lo que más me ha servido es que aprendí el idioma.

Ahora hablo francés, mi lengua natal, alemán, la lengua de mi madre, y español, que aprendí por iniciativa propia y mis amigos y conocidos de España. Eso mejora mis posibilidades como médico.

Gracias a mi amigo Francisco conocí algunas chicas muy guapas. Este amigo español me ha hablado de que los hechizos que pasan de generación en generación no pueden ser rotos; únicamente cumpliendo las condiciones del hechizo original, o bien, por un poder mucho más fuerte de la misma naturaleza.

Pedí que me explicara lo del poder de la misma naturaleza, porque en esa frase noté alguna esperanza. Se refirió a la misma magia pero con mayor intensidad. Solicité un ejemplo y nombró la magia de los mexicanos antiguos, los toltecas. Lo insté a que me contara más al respecto, pero él no tenía mucha información, así que me llevó con su profesor, un catedrático de edad avanzada, el profesor Calpe. Calpe me dio una excelente cátedra sobre la magia de los toltecas y los mexicanos antiguos. Me aseguró que grupos ocultos que seguían la tradición aún existían en varias regiones de la Nueva España.

Así que conseguí indicios. Y es allá a donde dirijo mi viaje. A América, a la Nueva España, en busca de lo que pueda encontrar de la antigua Teotihuacan, buscar qué queda de Tenochtitlan, la sierra norte y los yaqui y algunas pistas en la región sur. Actualmente los españoles dominan esa región y trataré de relacionarme allá con la gente que he conocido en España. Sé que es muy aventurado. Pero es la decisión que he tomado. Iré en busca de un poder que me permita tener una vida sin transformaciones, alguien que pueda ayudarme. Y pondré en ese intento la vida misma.

II

HACIA EL NUEVO CONTINENTE

Después de que emprendí mi viaje a América dejé de escribir. Pero tengo que hacerlo ahora, después de tanto tiempo porque me prometí dejar datos por escrito a mis hijos y descendientes.

Cuando inicié mi recorrido hacia América llevaba ya diez años sufriendo la transformación. Diez años escondiéndome, desde los días corriendo al refugio de papá cada luna llena y después el ocultarme en el sótano de la casa y estando al pendiente cada mes.

La cabaña de Gevaudan había pasado a ser de mi propiedad, pero en mi mente seguía siendo "la cabaña de papá", y siempre que corría ahí sentía —aunque mi padre ya no estuviera— que él estaba ahí para confortarme, protegerme y cuidarme. Incluso cuando estuve muy triste fui varias veces a ese lugar y me sentía mejor después de un par de días. Pero siempre me sentí preso, así que emprendí el viaje.

Supe que era una jornada larga, así que embarqué conmigo una jaula que construí con el mismo material de la original. La cabaña, la casa y todo lo demás que tenía —que debo decir no era mucho— lo vendí para iniciar la búsqueda en América con todos mis recursos.

Conseguí la manera de meter la jaula en mi camarote en el barco. Como viajaba solo, y era médico, no tuve que dar explicaciones sobre la jaula, pero sí tuve problemas para ocultar el ruido, los gruñidos, aullidos y la furia de la bestia lobo los días de transformación. La primera vez animé a todos a celebrar en una gran fiesta, de la cual tuve que retirarme temprano. Después probé inyectarme tranquilizantes y somníferos en altas dosis antes de meterme a dormir a la jaula. Funcionó parcialmente, pues aún la mañana siguiente amanecía drogado. Pero sé que la transformación tenía efecto por mis ropas rotas y señales de sangre y pelo. Supuse que permanecía inconsciente o demasiado anestesiado para hacer escándalo porque nadie me reclamó del ruido. Pero el administrarme fármacos fuertes dañaría mi salud y podría causarme dependencia o adicción. Y una vez estuve a punto de quedar fuera de la jaula porque el efecto del somnífero se presentó antes de poder encerrarme. No sé que habría pasado si me duermo fuera de la jaula y luego me transformo y me despierto. O mejor dicho, no quiero pensarlo. Afortunadamente medio desperté y me arrastré hacia dentro de la jaula. Decidí dejar de administrarme fármacos. La jaula encajó bien debajo de la cama y forré el espacio alrededor con relleno para colchones, almohadas, cartones y papel. Hice algunas pruebas de sonido y pude asegurarme que no se filtraba el ruido hacia afuera.

Así pasé el viaje; llegando al puerto de Veracruz, busqué donde alojarme.

III

LA MAGIA DE MAISHA

De inmediato me puse a trabajar en la razón de mi viaje y de mi vida. Conocí a varios españoles por referencia del profesor Calpe y por el capitán del barco. La mayoría de ellos se referían a la magia y la brujería como rumores que habían escuchado durante su estancia en el nuevo continente.

Mi razón ante ellos para investigar sobre la magia local y brujería era la investigación de hongos y plantas propias de esta tierra con propiedades curativas. Y aunque no era mi intención principal, mi espíritu médico me llevó a descubrir cosas muy interesantes sobre las propiedades curativas de las plantas de la región y los hongos.

Fue un sacerdote católico el primero que me dio referencia concreta sobre grupos humanos que practicaban la brujería. Me indicó que Jacinto, uno de sus fieles convertidos poco tiempo atrás, pertenecía a una comunidad donde era usual la práctica mágica. Me indicó donde vivía Jacinto y un domingo que salió de la iglesia lo seguí hasta su comunidad, junto a una laguna. He de decir que el ambiente se sentía mágico, aunque no había encontrado nada concreto aún. Traté de relacionarme con la gente que hablaba español, pero como que mi presencia no les era muy grata. Les hice saber que era médico y que buscaba algunas plantas y hongos.

El mismo día, aunque ya tarde, pude conseguir información sobre una mujer que sabía todo de los hongos y podía curar cualquier mal, además de muchas otras funciones de estas setas.

Platiqué con ella y obtuve muy poca información sobre hongos, pero nos caímos bien y de ahí inició una amistad valiosa. Le hice saber de algunos medicamentos que yo había preparado en Europa a base de plantas y compartimos algo de conocimientos sobre plantas curativas europeas y americanas. Ella admitió que no conocía sobre todo lo que le conté de Europa. Me inspiró tanta confianza que le conté de mi transformación y que deseaba quitarme eso de encima. Después de todo, ella no era médico tradicional, sino más bien una curandera o bruja del lugar, digamos, con especialización en hongos.

Se tornó seria al escuchar de mi mal, pero no me supuso demente. Creyó lo que le estaba diciendo y me advirtió:

—Eso no se cura con hongos. No es un mal físico. Se trata de un hechizo.

—Sí, así me lo hizo saber mi padre —le confirmé —. Y quería saber si puedes ayudarme.

Pareció entender y volvió a sonreír; sin embargo, aún preocupada me dijo:

—Quisiera ayudarte. Sin embargo, no tengo tanto poder. Nada puedo hacer.

No me prometió nada, pero como simpatizamos, quedamos en vernos seguido y ella me haría saber si podía encontrar algún indicio. Justo saliendo de su lugar de trabajo (lo que sería como su "consultorio") había un hombre de rasgos indígenas, delgado pero de músculos fuertes. Mientras aún me despedía de la mujer, noté que él me veía de reojo y me dirigía rápidas miradas, como no queriendo que yo supiera que me veía.

Cuando giré para salir, el hombre me observó de frente y se asustó. Su expresión fue como la de quien ve un fantasma.

Se paró en una sola pierna y me enfrentó, en una especie de posición de combate, como si yo le hubiera amenazado.

—Tranquilo, Garec —intervino la mujer dirigiéndose alindígena—. Él es amigo. Lo conozco.

El indígena me miró nuevamente y se dirigió a la mujer en un idioma que no entendí.

La mujer volvió a mirarme y Garec salió corriendo.

—Definitivamente hay algo mágico en ti —me explicó la mujer—. Yo pude verlo desde el principio. Después me lo contaste. Se siente magia y poder en ti. Pero Garec puede ver la energía y dice que nunca había visto tanto poder y menos en un hombre blanco. Se asustó; cree que lo tuyo

encierra una raíz maligna, peligrosa y poderosa. No pude explicarle qué es.

—¿Él es mago también? —pregunté.

—Casi todos lo somos en la región. Incluso tú. Te haces llamar médico, pero lo que haces con tus medicamentos es magia o brujería para el resto de la gente. Garec pertenece a un grupo muy especial. Él viene a verme para proveerse de hongos. Ellos ocupan el hongo para fumar y tener acceso a estados de conciencia acrecentada y reunir poder. Esta vez ni se llevó su provisión por el susto que le pegaste.

El grupo de Garec es del centro de México, pero vienen aquí a pasar temporadas cuando reúnen poder.

Yo no entendí mucho de lo que me decía, pero le propuse que me pusiera en contacto con el grupo de Garec. Ella admitió que la magia de esa agrupación era más poderosa que la de ella. Garec era uno de los seguidores, pero el líder tenía muchísimo poder, según me contó.

La mujer me dio un cargamento de hongos y me dio indicaciones para llegar al campamento. Me indicó preguntar por el nagual Zeotl Agua de lluvia. Me explicó que él era el líder del grupo y hablaba español. Varios del grupo lo hablaban también. Yo debía mostrar la bolsa con el cargamento de hongos y decir mi nombre, mencionando que trabajaba junto con ella. Así me dejarían pasar.

Me sugirió también que ocultara mi energía. No entendí de qué me estaba hablando así que pasé otro rato con ella, donde me explicó qué es la energía que uno lleva dentro y cómo controlar la respiración para no dejarla salir y ocultar el poder a la vista de los demás.

Pude "ocultar mi energía" de una forma rudimentaria, pero ella me dijo que era suficiente para lo que iba a hacer esa noche. Quedamos en vernos pronto. Llevaba unas horas de conocer a esa mujer y parecía que la había conocido de siempre. No había mencionado esto último cuando ella me respondió:

—También siento enorme confianza en ti. Sabía que algún día te conocería. Ahora ve con los brujos. Ellos pueden ayudarte mejor que yo. Nos vemos pronto.

Cuando mencionó la palabra "brujos" sentí un miedo terrible. Creo que en nuestra conversación no habíamos usado esa palabra, sino "medicina", "magia", quizá "brujería" pero hasta ahora que escuchaba la palabra "brujos" sentí que me estaba enfrentando a mi destino.

—No tengas miedo —interrumpió ella mis pensamientos con una voz dulce y a la vez firme—. Ve ahora. Después de todo para eso hiciste tan largo viaje. Ve. No mires atrás.

Seguí mi camino sin mirar atrás, aunque pude sentir que ella me observaba y sonreía. Desde ese día Maisha se convirtió en un apoyo excepcional. Cuando llegué al campamento de los "brujos", como Maisha les había llamado, pensé que se alterarían como lo hizo Garec. Sin embargo, me observaban todos con los ojos entrecerrados, sin decir palabra. Garec me vio de frente, pero esta vez no se alteró. Había como doce personas. Les hablé en español, preguntando por el señor Zeotl Agua de lluvia. Traté de "ocultar mi energía". Creo que funcionó porque no me corrieron. Incluso Garec no hizo comentarios. Sólo me observaba con los ojos entrecerrados. Uno de ellos se levantó y me indicó que Zeotl no estaba ese día. Se encontraba incursionando en la montaña con otros del grupo.

Nunca supe por qué me dio esa información. Me presenté como Thierry Godart, médico nuevo del viejo continente que trabajaba ahora con Maisha. Les entregué la bolsa con los hongos. Me agradeció. Pregunté si podría volver al día siguiente a ver al señor Zeotl. No me contestaron.

Al día siguiente volví con Maisha y le comenté el asunto. Decidió acompañarme para hablar con el nagual. Me explicó que un nagual es el guía del grupo de brujos, que además se le atribuye la facultad de transformarse en animal o en alguna otra cosa. Del nagual Zeotl se decía que se transformaba en agua de lluvia. También en otros animales. Eso me llamó la atención. Lo que sea que ellos hacían podría relacionarse con mi mal para erradicarlo.

Maisha supo que en dos días podríamos encontrar al nagual antes de que regresaran hacia el centro de México.

Fuimos a visitar a los brujos de Zeotl. El señor Zeotl se veía muy fuerte y, aunque su pelo era ya blanco, su rostro casi no presentaba arrugas, así que no supe calcular su edad. Al llegar lo encontramos sentado al centro del grupo; saludó a Maisha con un suave movimiento de cabeza. Después me miró a mí. Fijó su vista con los ojos más penetrantes que había conocido. Los demás también me miraron.

Parecían estar en una especie de trance.

—¡Coyote! —me gritó Zeotl enérgicamente, manteniendo su vista fija.

—¡Nagual Coyote! —gritó otro de ellos y se tendió a mis pies, arrodillado, junto con otro hombre y otras dos mujeres.

—¡No! —exclamó Zeotl, obligándoles a levantarse—. No nagual, sólo coyote —aclaró.

—Eres Coyote —me dijo finalmente.

—Te dije que ocultaras tu energía —me dijo Maisha en voz baja.

La verdad es que había olvidado esta vez lo que tenía que hacer y que ella me había enseñado un par de días antes.

Pero no parecía importar mucho. Zeotl nos recibió.

—Mi amigo, el médico Thierry —me presentó Maisha—. Trabaja conmigo y quiere verte para hablar de un mal.

—Un mal que sufre, extremadamente peligroso y poderoso. Mira nada más lo que has traído a nuestras tierras, coyote —completó Zeotl. Hablaba perfecto español.

—¿Lo sabe, don Zeotl? —pregunté—. Quiero curarme. ¿Podrá ayudarme?

Zeotl me miró y sus palabras me impresionaron tanto como la forma en que me miraba.

—Eso no se quita. No es una gripa. Te acompañará por toda tu vida.

Zeotl debió ver la angustia y el dolor en mi rostro, porque continuó hablando:

—Pero hay algo mejor que puedes hacer. Aceptarlo como es y tomar su poder. Lo que te sucede es una inmensa fuente de poder.

Caminamos entonces separándonos del grupo.

—¿Sabes quién te hizo eso? ¿Quién te embrujó?

—Tengo conocimiento de la Orden mágica que lo hizo, pero el hechizo no fue sobre mí. Fue sobre mis antepasados y se ha heredado de generación en generación al primogénito de la familia. Fue la Orden de las Orquídeas Nocturnas.

—Conozco ese tipo de hechizos, aunque a ellos no les conozco a fondo. Pero son europeos, seguidores de la magia negra y alquimistas. Estarás a salvo aquí durante mucho tiempo. El poder que existe en estas tierras, en este continente, les impediría trabajar aquí. Su configuración energética no funciona en este territorio, así que puedes estar tranquilo en eso, porque te persiguen ¿no es cierto?

—Sí, además de mi hechizo me buscan para destruirme porque sólo así podrán avanzar en su carrera de poder.

—Sí, lo imaginé. Y como ya no vive la persona que te hechizó, la única manera de recuperar su poder entero es deshacerse de ti, tus antepasados y tu hijo primogénito.

—No tengo ya antepasados. Y no tengo hijos.

—Entonces sólo a ti es a quien buscan. Como dije, tu propio ser te indicó venir al lugar correcto. Quizá buscabas una cura que jamás encontrarás, pero estarás protegido por la energía de este lugar que no dejará operar a tus enemigos.

Una vez más el señor Zeotl debe haber leído mi pensamiento o interpretado la expresión de mi rostro, porque después de escucharle me encontraba a punto de llorar. Creo que Maisha también lo sintió, porque en ese instante me abrazó.

—No te angusties tanto. Ya te dije que hay algo que puede hacerse: aprovecharlo y controlarlo.

—La verdad es que no me interesa nada de eso —contesté un poco triste y tal vez un tanto grosero—. Sólo quiero deshacerme de eso y llevar una vida normal.

—Una vida normal... —repitió Zeotl—. Después de todo, ¿quién decide lo que es normal?

En ese momento no entendí a qué se refería. Pronto cambió de tema:

—Hay formas de evitar que tu mal te impida vivir feliz.

Escucha las opciones que tienes —explicó Zeotl—; primero: si quieres terminar con la maldición no tengas hijos. O ten sólo hijas, sólo mujeres.

—No decide uno si serán hijos o hijas.

—Una bruja puede ayudarte en eso, ¿no es cierto, Maisha? Segundo: puedes reunir suficiente poder, enfrentar a los brujos que te hechizaron y vencerles de forma definitiva. Si no ganas perderás tu vida. Tu conciencia y tu energía vital serán absorbidas por ellos. Y para reunir poder necesitas vivir por años una vida impecable. Tercero: que vivas en las montañas, aislado, donde no dañes a nadie mientras

eres coyote.

—Lobo. Soy lobo, no soy coyote.

—Como sea. ¿Acaso te has visto?

—Imposible, pero vi a mi padre —le contesté—. Es como un lobo. Una bestia lobo lo llamaba él. También usaba el término loup-garou, en francés, mi lengua natal. Y de lo que estoy harto es de esconderme en la montaña los días de transformación.

—Llámalo como quieras. A fin de cuentas es una criatura canina de poder. Como acá son más conocidos los coyotes te llamé coyote. En realidad eres una criatura mágica, ni perro ni lobo ni coyote; aunque pareces más coyote porque aún eres débil. Cuando te fortalezcas ya te verás como un lobo grande y fuerte. Otra opción que tienes es aprender, conocerte, ampliar tu horizonte de percepción y manejo de lo que normalmente no es perceptible. Eso te dará control, control sobre tu estado y te permitirá manipular el poder. Requiere años de preparación.

— Piénsalo —concluyó Zeotl—. Si decides que es tu camino búscame aquí o en mi casa, en el centro de México. Tendrías que seguir mi disciplina, que es dura. Me gustaría enseñarte. No acepto a cualquiera, Maisha podrá contarte. Pero no todos los días se encuentra a alguien con tanto poder reunido y desperdiciado.

Zeotl nos invitó a tomar café y compartir con su grupo una merienda. La pasamos muy bien sin tratar temas de medicina, magia, hierbas, hongos o brujería. Hablamos de temas diversos, de la vida en Europa y América. Los brujos fueron personas agradables y Maisha y yo nos divertimos mucho.

Al regresar acompañé a Maisha a casa. El vínculo entre nosotros se hizo aún más fuerte esa noche. El grupo de Zeotl partió hacia el centro de México. Pasé poco tiempo pensando si debía acercarme a ellos, aunque no había mucho que pensar. Había algo que podría ayudarme y casi de inmediato decidí seguirles. Sólo que también quise quedarme unos días cerca de Maisha.

Maisha me instruyó sobre las plantas y hongos de la región, pero me enseñó más a sonreírle a la vida y a sentir el Gran Espíritu que creó toda la naturaleza dentro de cada uno de nosotros. Pasamos momentos tan especiales que por días olvidé el hechizo que venía cargando a cuestas.

El tiempo de transformarme se acercó. Maisha me pidió presenciar la transformación. Le platiqué de mi jaula y la invité al lugar donde estaba viviendo para observar. Ella dijo que no. Prefería que el evento tuviera lugar en las montañas. Yo no quise transformarme en un lugar al aire

libre y en su presencia. Pensé que podría dañarla y escapar para causar daños inimaginables. Ella me tranquilizó diciendo que podría llevar mi jaula. Me pareció imposible por el peso de ésta y la distancia que recorreríamos si subíamos a la montaña.

—Construiremos entonces una jaula; una jaula mágica, rodeada del poder y la protección de los espíritus del lugar.

Maisha se encontraba entusiasmada y segura de la explicación que me estaba dando cuando de pronto le pregunté:

—Maisha, ¿y tú también eres bruja?

Me miró sin molestarse, pero fijamente; me dijo:

—Si ser bruja es ser alguien que intenta romper las barreras de la percepción natural por medio de la perseverancia y disciplina, sí. Lo soy. Ya te había dicho que la mayoría en este lugar somos o magos o brujos o médicos o algo parecido.

Incluso a ti te atrajo la magia del lugar. Así que no te preocupes por que alguien pueda ver o escuchar cosas extrañas con tu transformación. Estamos acostumbrados. Y la gente del lugar sabe protegerse de los vivos, los que se pasan de vivos y los no vivos.

Me sonrió misteriosamente y me llevó a preparar las mochilas para salir hacia la montaña esa tarde y experimentar la transformación en las montañas, al aire libre.

Empezamos la caminata por la tarde. No eran montañas muy altas lo que ahí había (más bien montes), pero caminamos mucho; salimos después de comer y nos detuvimos poco antes del crepúsculo. Ella iba todo el tiempo delante de mí por algunos pasos, pero nunca pude alcanzarla. Además me gustaba cómo se veían sus piernas y su cadera desde la distancia que yo guardaba. Nunca conocí en Europa mujeres tan fuertes y atractivas como ella. Tal vez las parientes y las amigas de mamá eran más altas que Maisha —ellas eran alemanas—. Pero los músculos de Maisha y, sobre todo, la fuerza que proyectaba con su mirada, sus palabras y sus acciones eran únicos. En nuestra caminata llegué casi sin aire. Ella sudaba por el calor, pero no se veía agitada siquiera.

Maisha formó un círculo con hojas y lo bordeó con piedras. De un modo extraño barrió el lugar. Colocó algunas ramas alrededor del círculo. Quise ayudarle pero me lo impidió. Dijo que yo tenía que permanecer quieto. Una vez que la circunferencia formada estuvo lista preparó un lugar similar cerca, rodeado también por extraños símbolos que pintó en la tierra.

Yo estaba aún asustado porque no veía la jaula que construiríamos por ningún lado y la noche se acercaba. Maisha me explicó que los círculos protegerían mejor que cualquier jaula. Me dijo que ella tenía el poder suficiente para hacerlo, que debía confiar. Me indicó que entrara al primer círculo. Ella se sentó en flor de loto en el segundo. Parecía que meditaba o hacía oración. No me explicó pero dijo que ella estaba lista, que yo me mantuviera calmado hasta que llegara el momento.

A pesar de que llevaba como diez años transformándome cada mes lunar sin falta, jamás había podido acostumbrarme a ese hecho sobrenatural, y mucho menos "sentirme tranquilo". Sin embargo, la forma en que Maisha me lo dijo esta vez me hizo sentir calma, paz y aceptación de lo que era inevitable. Al menos lo sentí en ese momento.

El crepúsculo convirtió todo a tonos anaranjados. No sé si fue el efecto de éste, mi imaginación o qué, pero vi un resplandor intenso del tono del crepúsculo alrededor de Maisha y un haz luminoso saliendo de la parte más alta de su cabeza.

El crepúsculo se desvaneció dando paso a la noche. Y ésta dio paso a mi transformación.

Como era costumbre empecé a sentir los síntomas: aumento gradual del ritmo cardíaco, pulso acelerado, dolor de encías, hambre y dolor de estómago intenso, ardor en los ojos, comezón en todo el cuerpo; sentí cómo crecían los huesos de mi maxilar superior e inferior y cómo se desprendían de donde habían estado en la forma humana. Alcancé a sentir el sabor a sangre, mi propia sangre, al transmutarse y desprenderse parcialmente los maxilares, desgarrando tejido. Alcancé a sentir dolor en mis articulaciones y esta vez fue todo lo que pude percibir. Perdí la conciencia hasta el día siguiente.

Desperté adolorido, como siempre, con sangre en la nariz, sin fuerza y con dolor en las piernas y pantorrillas. Maisha lloraba mucho, sin poder detenerse; tanto que no me pudo hablar: el llanto la dominaba. Noté que ella seguía dentro de su círculo y yo me había quedado dentro del mío, o si había salido había vuelto al mismo lugar, pero no pude ver huellas de que eso hubiera sucedido fuera del círculo de hojas y piedras en el que aún me encontraba. Traté de salir para acercarme a Maisha, pero ella me hizo señas de que permaneciera en mi lugar. Maisha, aún llorando, me dijo que me sentara, respirara profundo y cuando me sintiera sólido saliera. No entendí lo de sólido, pero sí pude notar un cambio de cómo me sentía al despertar y la fuerza que pude sentir después de respirar pausadamente sobre la cama de hojas.

Salí entonces y me acerqué a Maisha, cuyo llanto aún continuaba.

—¿Qué pasó anoche? ¿Te hice daño? —pregunté observándola detalladamente, buscando algún indicio de herida o golpe. No había tal seña.

—Te transformaste. Y pude ver tu cuerpo hechizado, pude ver tu energía alterada. Fue impresionante, nunca había visto nada así. Es un poder muy grande.

—Pero, ¿por qué lloras?

—Sólo porque fue demasiado impactante, demasiado perturbador y me sobresaltó demasiado, eso es todo.

—¿Permanecí todo el tiempo dentro del círculo?

—Sí. No había manera de que pudieras haberlo roto. Para eso lo puse. Sufrías mucho ahí adentro. Reprimes mucho ese poder y cuando sale te lastima, te lastima mucho. Es algo muy fuerte; no puedo ayudarte, no puedo hacer nada.

Volvió a romper en llanto. La abracé y poco a poco se calmó. Más tarde barrió las hojas, me dijo que dispersara las piedras por todo el lugar y barrió el sitio donde habían estado los círculos. Todo quedó como antes de que llegáramos.

Caminamos y poco después desayunamos en el campo. Ella ya se veía más tranquila y yo me sentía bien. Normalmente los días posteriores a mi transformación me sentía hecho un desastre, como enfermo, como si me hubiera emborrachado la noche anterior. Esta vez no. Sólo tenía hambre, que desapareció cuando comimos frutas y carne que Maisha había llevado en las mochilas.

Sus ojos lucían radiantes, a pesar de que había pasado la noche en vela. Recordé a alguien que conocí en Francia. Mi amiga francesa no podía salir de su casa o ni siquiera de su cuarto si no se había maquillado y arreglado la cara para estar presentable. Se veía muy bonita, pero la verdad es que nunca pude conocerla tal como era. Siempre admiré su máscara de maquillaje. Maisha era diferente; auténtica, y bonita, sin adornos ni antifaces.

Pregunté a Maisha:

—Maisha, ¿tu brujería es... magia blanca o magia negra?

Ella rió y me contestó:

—No hacemos esa clasificación aquí. ¿En Europa así lo dividen? Qué simples —me daba su punto de vista—. No lo sé... tal vez es como mi piel, mírame —me dijo mientras me mostraba sus hombros y sus piernas—. Mi piel no es blanca. Y tampoco es negra. Es más bien... del color de la tierra. Yo creo que así es mi magia, del color de la tierra, y de la misma naturaleza —terminó diciendo mientras regaba la tierra sobre sus piernas, como si se cubriera con un baño de espuma.

Ese fue uno de los pocos momentos en que me arrepentí de mi profesión y deseé haber escogido otra: la de pintor. Me hubiera encantado dibujarla, pintarla tal como la había visto en ese momento. Desde luego no pude hacerlo, pero esa imagen la guardo muy viva en mi memoria.

—Tu transformación desprende gran energía; como te dije, es un poder sobre el cual yo no puedo hacer absolutamente nada —me explicó—. Definitivamente te recomiendo que busques a Zeotl. De la gente que conozco es el único que puede tratar de frente con lo que tú traes. Y cuídate mucho de otros, porque representas peligro para ellos. Eres un poder enorme. Tratarán de apoderarse de tu control, de tu conciencia para apropiarse de tu poder. Tienes que aprender a defenderte.

—¿Y cómo?

—Bueno, ya aprendiste a ocultar tu energía. Sólo practica eso para empezar. Así te evitarás la mayoría de los problemas. También hay otras formas de protegerte, que te llevará tiempo aprender.

—¿Volveremos a las montañas para los siguientes días de transformación?

—No hace falta mientras yo ande cerca. Anoche conocí la naturaleza de tu poder y supe como aislarlo. Es lo más que puedo hacer. No puedo detenerlo ni combatirlo, ni mucho menos destruirlo. Pero sé cómo confinarlo si tu propia voluntad lo tolera; bajo tu permiso puedo aislar el hechizo.

—¿Cómo es eso de aislar?

—Como anoche. No te moverás de un solo sitio. Y ahora ya no es necesario ir a un lugar de poder como hicimos anoche. Puedo aislarte en cualquier parte porque me familiaricé con la naturaleza de tu poder. Pero necesito estar presente y consciente todo el tiempo.

—¿O sea que si te duermes se acabó el aislamiento?

—Exactamente —sonrió—. Pero no te preocupes, no voy a dormirme ni a desmayarme. Estoy preparada.

De pronto pensé que con todo esto me estaba apartando de mi finalidad, que era acabar con el hechizo para vivir una vida normal, y me estaba metiendo en un mundo nada normal, donde me hablaban de energía, poder, hechizos, magia. Todo eso se alejaba de mi intención original. Lo comenté con Maisha llegando a su casa.

—Maisha, no sé si todo esto esté bien. Me embarqué para encontrar una cura. Pero tú y Zeotl me han dicho que no la hay. Ahora me involucro en un mundo mágico del cual no tengo conocimiento ni experiencia. Ni siquiera estoy seguro de querer entrar en esos conceptos. Me he dejado llevar por la casualidad. Llegué a Veracruz y al seguir a alguien me enteré de este lugar, luego de ti y por casualidad Garec me condujo con Zeotl. Creo que estoy perdido...

Llevaba sólo unos días de conocer a Maisha, pero ya le tenía confianza absoluta para exponerle mi situación. Ella extendió su mano frente a mí y me miró. No fue una mirada de disgusto, pero sí penetrante. Entonces no pude decir nada más. Tal vez si ella no hubiera hecho eso, habría seguido con mis quejas y lamentos, pero no pude hablar más. Casi ni moverme.

—Nada en el universo sucede por casualidad —dijo ella firmemente—. Todo sucede por una causa. Las situaciones tienen razón de ser. Eres afortunado en que se hayan dado tan rápido, estoy de acuerdo. La mejor manera para que sepas qué es lo que tienes que hacer, o no hacer, es escuchar tu corazón —ella tomó mi mano entre las suyas y la puso sobre mi pecho—. Tú mismo te dirás si lo que estás por emprender está en armonía con la fuerza de tu corazón o no lo está, por incierto que parezca el camino. Sabrás qué camino seguir.

Sus palabras obraron milagros en mí. Lo que acababa de exponer fue exactamente lo que yo sentí cuando decidí dejar todo y emprender una nueva vida en busca de una cura. Lo cual me había llevado hasta exactamente ese momento.

Las siguientes dos noches Maisha me preparó un círculo en la tierra con símbolos y piedras en su lugar de trabajo; esta vez tenía cobijas de lana y cuentas de cristal. El círculo era distinto en forma al que hizo en el campo, pero tenía la misma función.

Me dio a beber mucha agua, porque ella insistía en que perdía muchos líquidos durante la transformación.

El segundo y tercer despertar fueron más controlados. Para mí y también para Maisha. Ya no lloraba. Se pasó en total tres días en vela cuidando el efecto de mi metamorfosis.

Durante el día después de la última transformación de ese mes ella dijo que se sentía cansada y dormiría un rato. Me permitió quedarme en su casa y comer lo que quisiera, o bien podía irme si lo deseaba.

Me quedé en su casa. Ella durmió toda la tarde. Me senté a su lado, sentado en el sillón de su recámara que ocupó para dormir y me recargué en la pared mientras ella dormía. Acaricié su cabello mientras le daba las gracias en silencio por lo que había estado haciendo por mí. Sólo me había cobrado la primera "consulta". Todo lo demás salió de "la fuerza de su corazón", como ella dice.

De pronto Maisha despertó y se incorporó parcialmente. Me miró y me sonrió. Recargó su cabeza en mi hombro y tomó mi brazo entre sus manos. Ella volvió a dormirse y yo sentí como que se me iba un momento el aire, como si fuera a desmayarme; vi luces por un momento. Pasó esa sensación y volví a mirarla dormida, tomando mi brazo y sonriente. Poco a poco me quedé dormido también.

Desperté al día siguiente, en el sillón del comedor; Maisha me llevó jugo de limones y naranjas partidas como desayuno.

—¿Cómo llegué hasta aquí? —pregunté sorprendido y un poco alarmado, porque no recordaba haberme movido del sillón de la recámara donde Maisha se había dormido.

—De la forma más sencilla —me dijo sonriente. No podía recordar haber caminado hasta ahí y traté de hacer memoria. Maisha debió haber visto confusión en mi rostro, porque empezó a reir y me aclaró:

—Yo te cargué y te traje hasta aquí.

Preferí no preguntar si me había cargado con sus brazos o había usado alguna extraña magia. Maisha era lo suficientemente fuerte para cargarme y a la vez delicada como para no despertarme; pero también era misteriosa y podría haber hecho algo extraño, así que preferí quedarme con la duda.

Después del desayuno salimos a tomar es sol. Ella me dijo que abriera las palmas de las manos para tomar su energía. Después me mostró como abrir la boca para que la energía del sol entrara al cuerpo. No sabía si estaba jugando o era en serio, pero me sentí lleno de energía después de sus instrucciones; nos divertimos mucho esa mañana.

Todo había sido especial. Y esa mañana lo fue aún más. Nos acercamos mucho emocionalmente y físicamente también. Llegó el momento en que la tomé por la cintura. Ella tomó mis brazos, pero no para separarlos. Entonces la besé. Y ella me besó y me abrazó. Realmente fue tan especial que el pensamiento que cruzó por mi mente fue "quien no ha besado una bruja no sabe lo que es un beso". Como es de suponer —y confío que quien lea esto sigue siendo parte de mi familia—, pensé que no tendríamos ningún problema en ir a la cama. Y la llevé. Ella me acariciaba con cariño y pasión. Y al darse cuenta hacia dónde íbamos me detuvo. Rápidamente se acomodó la ropa y sostuvo mis muñecas. Me dijo que no era posible lo que estábamos a punto de hacer. Me explicó que yo me había vuelto especial para ella, pero que tenía que ahorrar energía, que su creencia no le permitía realizar el acto sexual. Realmente me confundió y traté de averiguar.

—La brujería que practico no me permite tener ese tipo de relaciones. Tengo que ahorrar energía. Quiero que lo entiendas. Eres especial y me gusta todo contigo. Pero me es imposible. No debo.

—No te preocupes, sólo que... hay algo que no entiendo —traté de explicar lo que yo había escuchado de las brujas y sólo pude decírselo como yo lo entendía—. Allá en Europa he oído que las brujas son muy activas sexualmente y promiscuas y... bueno, hasta las queman por brujas. Maisha se rió a carcajadas de lo que dije.

—¡Parece que en Europa todo es más divertido y superficial! —siguió riendo—. Bueno, la forma en que fui instruida en la brujería es diferente.

Me miró de forma pícara y se acercó a mi oído.

—Ardo de deseo por ti —me dijo, mientras ponía mi mano en su pecho—. Pero no es posible, créeme —presionó muy fuerte en un punto de mi mano. Sentí un dolor agudo por un segundo. Y de pronto mi deseo sexual se desvaneció.

Me abrazó tiernamente y me dijo:

—Discúlpame. No puedo hacerlo ahora. Tal vez habrá un momento, pero no es ahora.

Caminamos un rato de la mano y después corrimos para ver quién llegaba primero al pozo.

Después de sacar agua en un balde le dije que había decidido visitar a Zeotl. Se alegró y me abrazó. Le pedí indicaciones de cómo encontrarlo.

—Se supone que tú tienes que buscarlo. Él ya te invitó. Si lo buscas lo encontrarás.

Al ver mi confusión ella sonrió y agregó:

—Te tomaría mucho tiempo encontrarlo, porque eres tan... "europeo". Te daré ayuda. Vamos a la casa para que anotes las indicaciones.

Pensé entonces que Maisha no sabría escribir. Pero después vi sus propias notas, escritas en español. En español y en otro lenguaje que no pude identificar.

Al día siguiente me despedí de Maisha para partir hacia el centro de México en busca de Zeotl y su grupo. Nos despedimos con un beso que no podría explicar por escrito, pero puedo decir que fue el mejor. Después de dar unos pasos volví mi cara hacia ella y una vez más pareció adivinar mi pensamiento.

—Claro que nos volveremos a ver —gritó emocionada—. Estás siguiendo tu destino. Y yo estoy en él. Ahora sigue adelante. Cada día faltará menos para volvernos a encontrar.

Maisha sólo me había enseñado cosas muy sencillas, como ocultar mi energía o cargar mi cuerpo con la luz del sol (yo ni siquiera estaba seguro de haberlo aprendido bien), pero ya me sentía dentro de un mundo mágico, envuelto por una inexplicable aura protectora.

IV

CAMINO A LA TIERRA TOLTECA

Para emprender el viaje regresé primero al puerto de Veracruz, donde tenía pertenencias y dinero. Me acerqué a unos comerciantes, quienes —supe por boca del restaurantero del lugar donde desayuné— irían hacia la capital. Yo debía acercarme a la capital y después buscar la región que había sido del dominio tolteca. De ahí las indicaciones de Maisha parecían claras.

Fue fácil que los comerciantes me aceptaran en sus carretas para viajar con ellos porque encontraron útiles mis servicios como médico. Los comerciantes eran españoles y criollos. Me trataron muy bien. Pude llevar la jaula conmigo. Había rediseñado la jaula para formarla en tres partes que se ensamblan; así era más fácil transportarla.

Durante el viaje tuve que atender cinco casos de deshidratación. También una diarrea y una infección de los ojos. Puede decirse que con eso pagué mi viaje. No sé realmente si es el tiempo normal de travesía, pero me pareció demasiado; hicimos como quince días. Tal vez porque iban vendiendo mercancías diversas en cada población importante que pasábamos.

Yo aprovechaba para conocer a la gente que encontrábamos en el camino, abastecer mis provisiones y materiales que necesitaba para la medicina.

Llegamos a la capital antes de la siguiente transformación. Conocí a don Chuy, un español que llevaba muchos años viviendo en la capital y poseía prósperos negocios. Si bien en todo lo relacionado a sus negocios era hermético, enérgico y egoísta, fuera de ahí se volvía una persona que le gustaba compartir su tiempo, su casa, su comida, su vino y sus conocimientos. Me ofreció trabajo; un puesto en la operación de su negocio. Le interesó porque yo hablaba español, francés y alemán. Dijo que podría serle muy útil en las operaciones de sus negocios, las cuales nunca me especificó. De cualquier manera no pude aceptar el empleo porque yo había decidido dar prioridad a otro camino en mi vida. Uno que sí está en armonía con la fuerza de mi corazón. No se lo expuse así ni rechacé su oferta, pero le dije que lo pensaría mientras resolvía otros asuntos que me habían traído hasta aquí. No se molestó, pero me miró extrañado y después de unos segundos me dijo:

—Tú has de ser artista entonces —sacando sus propias conclusiones—. Ni siquiera te he dicho cuánto te pagaría. Son los artistas, los monjes o los atarantados quienes no buscan un empleo estable. Tú no pareces ni lo segundo ni lo tercero, así que supongo que has de ser artista.

—Espero no caer en los atarantados, monje tampoco soy y mis aptitudes artísticas son mucho menores de lo que deseo, don Chuy. Lo que me ocupa ahora es un trabajo dedicado a la investigación en el área médica.

—Entiendo —dijo Don Chuy pareciendo tomarlo muy en serio—. Tal vez tenga que agregar a mi lista de personas no contratables a los investigadores.

Don Chuy y yo nos caímos bien. Él conocía con precisión la región y a mucha gente, o tal vez sería más correcto decir que mucha gente lo conocía a él. Y la mayoría lo estimaban bien. Le pedí me orientara sobre el viaje que tenía que hacer a la región tolteca. Leí algo de las indicaciones que Maisha me había dado. Él asintió con la cabeza como si conociera los lugares. Después me mostró un mapa de la Nueva España. No lo memoricé aunque pensé después copiarlo. Si mal no recuerdo había divisiones que decían Nueva Galicia,

Valladolid… no recuerdo más, pero me dijo que el mapa no era importante, porque me iba a conseguir un guía. Alguien nativo del lugar.

Al día siguiente don Chuy me presentó a Ramiro, el joven que me guiaría a la región.

—No sé exactamente dónde vas a hospedarte, pero Ramiro está a tus órdenes. Él te brindará todo en su casa y hará lo que le pidas durante el viaje. A tu regreso puedes llegar a su morada y él te guiará de regreso si no has aprendido. Sólo que él vive 15 días aquí en mi tienda y 15 días allá. Así que si no está lo tendrás que esperar.

Como buen comerciante, don Chuy me pidió algo a cambio de ofrecerme a su capataz como guía: que le tradujera al español unos documentos relacionados con los productos que estaba vendiendo. Le ayudé lo más que pude, con los de origen francés y alemán, pero lo que venía de Inglaterra no pude traducirlo, sólo algunos títulos, porque yo no hablo bien inglés. Ahí me di cuenta que don Chuy había traído a la Nueva España excelentes vinos franceses. De lo que traduje en alemán no parecía muy importante, pero tomé los datos de algunas personas que los documentos mencionaban y que ahora vivían en el nuevo continente. Pensé que algún día podrían servirme. Durante el viaje a la región tolteca Ramiro no habló mucho; sin embargo mostró una actitud amable. Siempre que le hablé o le pregunté algo me respondió de manera cortés y atenta. Pero nunca habló por iniciativa propia. Al llegar a su casa fue diferente. El encontrarse en su dominio le cambiaba la personalidad.

Me presentó a su mujer, su hija y su servidumbre. Contrario a lo que yo había pensado, la casa de Ramiro era grande, bonita, y disponía de un buen ambiente para la vida de su familia. Muy distinto al lugar donde se quedaba los días que trabajaba con don Chuy. Me llevó a su pequeña granja, con gallinas y cerdos; orgulloso me mostró cada detalle de su casa. Dijo que descansaríamos esa noche y al día siguiente me llevaría donde necesitaba ir.

Esa noche, a la luz de la hoguera, junto con su mujer, su hija adolescente, su compadre Narciso y el hijo de éste cenamos y bebimos.

Ramiro comenzó a contarme extrañas anécdotas sucedidas en la región; casos de misterio, espíritus, terror. Su compadre Narciso le siguió. Después continuó el hijo de Narciso y hasta Xochitl, la hija de Ramiro, contó una historia de misterio. La mujer de Narciso participaba en la plática, pero no contó ninguna narración. La plática estaba animada y llegó el momento en que me pidieron que contara de algo del mismo tono, de lo cual yo hubiera sabido en Europa.

Conté una de las historias de familia. Sobre mis antepasados y las peripecias de sus transformaciones. Obviamente no les dije que el personaje era un antepasado mío. Creo que mi historia tuvo éxito. Sin embargo la transmutación en lobo no les pareció tan maravilloso. Comentamos al respecto por iniciativa mía. Me contaron que la transformación en animal era común para los naguales; sobrenatural, pero común, que sólo los naguales podían hacerlo.

Xochitl dijo que el nagual es un animal como un coyote pero más largo, que sus ojos brillan en la oscuridad y que tiene como alas.

Ramiro dijo que no era así, que es un animal distinto a todos los que conocemos, que sólo se le ve de noche y tiene poderes mágicos.

Entonces Narciso comentó que el nagual no es un solo animal, el nagual podía ser cualquier animal que quisiera, pero que se trataba de un brujo con poderes extraordinarios que se convertía en bestia: parecía estar enterado e informado o al menos interesado en el tema.

—¿Y hay naguales por aquí?

—Dicen haberlos visto —dijo Xochitl.

—Siempre hay uno cada generación —mencionó Narciso—.

Y su poder pasa al siguiente nagual para la próxima generación. Cada nagual es un animal diferente.

La explicación de Narciso parecía tener sentido para mí. Y estuve a punto de contarles que yo conocía a un nagual y lo estaba buscando, pero recordé que debía ser discreto. Insistí entonces en la plática.

—Y en esta región, ¿se ha comprobado su existencia?

—Esas cosas no se comprueban —sonrió Narciso—. Pero se habla de eso. Aquí y en todas partes. Menos en la capital, porque ya está muy "civilizada". Seguimos platicando muy a gusto; así que al día siguiente nos despertamos tarde.

Narciso me guió a caballo según las indicaciones. Encontré lo que me había indicado Maisha. Dije a Narciso que ahí me quedaría unos días. Él me informó que esas tierras estaban desiertas y me hizo repetirle la explicación de cómo llegar a su casa desde ahí, para asegurarse de que no me perdería. Me indicó dónde había arroyos y pastizales para alimentar al caballo que se quedaba conmigo. En mi mochila cargaba provisiones para mí.

Avancé todo el día hasta donde debía llegar solo. Las indicaciones coincidían a la perfección, sólo que no había chozas o indicios del grupo de Zeotl.

Por la tarde el sol brillaba intensamente cuando llegué hasta donde debería buscar a los brujos. Me detuve en el lugar indicado y bajé del caballo, con ganas de comer algo.

Miré hacia el horizonte, me quité el sombrero para limpiar el sudor de mi frente y pude sentir sus intensos rayos sobre mi cabeza.

De pronto, sin aviso previo, comenzó a llover. No había visto nubes negras cuando levanté la vista pero, así nada más, de pronto el agua comenzó a caer. Volví a ponerme el sombrero y busqué con la vista algún lugar para refugiarme junto con el caballo. De pronto la lluvia cesó tan repentinamente como había empezado. Aún no salía yo de la sorpresa del fenómeno meteorológico cuando sentí que algo o alguien me tocó en el hombro derecho. Brinqué del susto. Al volver la vista Zeotl se encontraba junto a mí, sonriendo.

—Sabría que vendrías. Ahora apresúrate y sígueme, que el crepúsculo se acerca.

V

LOS PRIMEROS DÍAS CON ZEOTL

—Lo que puedes hacer es mucho con todo el poder que tienes. Tu Ser decidirá el camino finalmente. Yo tengo que enseñarte las bases. La primera instrucción —explicaba Zeotl.

—¿Y después quién me enseñará?

—Después tú decidirás si sigues. Dudo que quieras aprender por ser hombre blanco. Pero si decides seguir seré yo mismo quien siga enseñándote. Nunca se hace así. Pero eres un caso de poder y magia muy especial.

Zeotl no me llevó con el resto del grupo. Me dijo que andaban viajando los demás. Me enseñó algunos ejercicios de respiración. Me indicó que debía alimentarme bien y beber mucha agua.

—¿Qué soñaste anoche? —me preguntó.

—¿Cómo?

—Que qué soñaste anoche —repitió.

Traté de recordar, pero no podía. Después de las historias y la plática en casa de Ramiro terminamos la botella de vino y nos dormimos. No recordaba nada de mis sueños.

—No recuerdo —contesté.

—¿Cuándo fue la última vez que recuerdas haber soñado algo?

Nuevamente traté de hacer memoria, y no encontré ningún recuerdo cercano.

—Tampoco recuerdo —le dije.

Zeotl rió.

—¿Recuerdas tus sueños durante tus transformaciones?

El viejo había iniciado acertadamente, haciéndome pensar en eso. No recordaba al principio, pero al insistirme en evocar los sueños pude estar seguro que al iniciar mis transformaciones soñaba. A veces veía lo que estaba pasando entre sueños. Sentía mi transformación y después me veía a mí mismo como un lobo. Pero era muy doloroso. A veces entre sueños veía la jaula. Otras veces mis sueños se iban haciendo más raros y alejados de la realidad. Las cosas cambiaban y los lugares eran fantásticos (al fin sueño); además perdía el control de mí o de lo que estaba viendo.

Conté esto a Zeotl y asintió con la cabeza. Después me pidió recordar sueños fuera de la transformación. Me costó mucho trabajo recordar alguno y poder describirlo. Sin embargo recordé que a bordo del barco que me trajo a América a veces dormía por las tardes y llegué a soñar algo acerca de unos volcanes y luego las escenas se distorsionaban y aparecía gente que no conozco y las cosas cambiaban de lugar. Ya había recordado uno de mis sueños más recientes y seguí describiendo las escenas fantásticas; comenté a Zeotl que esas escenas me habían parecido muy reales.

Primero pareció darle gusto que pudiera recordar, pero después me dijo con indiferencia que eran "sueños normales".

No sabía a qué se refería, pero yo insistí en que las imágenes eran muy reales. Dijo que eso no importaba, pero que era bueno que empezara a recordar los sueños.

Zeotl me ayudó a practicar ejercicios que Maisha me había enseñado, para sentir la energía.

Dijo que lo más importante para mí era empezar con el control en sueños. Me preguntó con qué parte de mi cuerpo me sentía más familiarizado. Le dije que mi antebrazo derecho.

Me gustaba hacer ejercicio y mis brazos eran fuertes. Allá en Francia a los amigos les gustaba hacer concursos de vencidas y a mí me fascinaba participar. Tal vez porque siempre ganaba. Mi constitución no era tan robusta ni tan atlética como quisiera, pero mis brazos y antebrazos estaban bien entrenados. En los concursos de vencidas veía mi antebrazo derecho y me concentraba en él. Podía ver cómo saltaban las venas y sentía gran fuerza concentrada allí; era entonces que daba un empujón y vencía a mi oponente.

Me di cuenta que al recordarlo había cerrado el puño y mi antebrazo estaba tenso.

El señor Zeotl me indicó entonces que la próxima noche que soñara fijara mi vista y mi atención en mi antebrazo derecho. Debía ser capaz de identificarlo y mantener mi vista constante en él sin que perdiera la atención y sin que éste cambiara de forma. Después tendría que hacerlo con cada elemento del sueño. Y sólo cuando hubiera dominado ese procedimiento podría hacer exactamente lo mismo durante mi transformación, como si se tratara de un sueño.

Me costó mucho trabajo. Tanto que terminé rentando una habitación en casa de Ramiro para vivir por mucho tiempo cerca de Zeotl.

Algunas temporadas las pasé viviendo en casa de Zeotl. Pregunté varias veces por Garec y el grupo. Zeotl siempre me decía que andaban de viaje y que podrían llegar en cualquier momento.

Pensé que me tomaría tiempo recordar las experiencias oníricas. Curiosamente, a los pocos días de la primera plática con Zeotl sobre este tema volví a soñar. Sólo que ni me acordé del antebrazo. En la siguiente noche de sueño sí pude fijar mi atención en mi antebrazo derecho, aunque no duré mucho tiempo antes de que las formas cambiaran y mi antebrazo ya no estuviera ahí.

Interrumpí la práctica de identificar el antebrazo porque siguieron los días de transformación. Zeotl se mostraba emocionado y quiso estar presente. Le dije que era una criatura muy fuerte y necesitaría una jaula; le platiqué de la protección que hizo Maisha con un círculo en la tierra. Dijo que él no necesitaba hacer ese tipo de protecciones, que simplemente me quedara ahí y él observaría el cambio.

Después de la noche de transformación donde Zeotl estuvo presente recordé lo que había pasado; tal vez porque había estado practicando el poner atención a mis sueños. Y así, entre sueños recuerdo que la transformación tuvo lugar.

Los dolores acostumbrados llegaron. Sangré por la nariz; de pronto empecé a percibir los olores con una nitidez impresionante.

Podía oler los restos en la olla de frijoles que estaba en la cocina de Zeotl, identificaba el perfume de las flores afuera de la casa, el olor a sudor en la camisa de Zeotl; no recuerdo muy bien, pero creo que también distinguí un olor a incienso. Me puse furioso sin razón aparente. Nada de lo que veía o escuchaba encajaba, así que sentí una ira enorme contra todo. Mi cuerpo era ya diferente, aunque sólo recuerdo haber percibido que mis huesos eran más largos. Quise correr y saltar, pero Zeotl aún me miraba fijamente. No pude despegar mis pies del piso y recuerdo que grité o tal vez rugí; poco a poco se me nubla el recuerdo de lo que pasó después.

Creo que quedé inmóvil. O tal vez sólo perdí conciencia de mis actos. A la mañana siguiente la misma sensación de dolor y vacío de siempre. Zeotl estaba dormido en el sillón junto a mí. Despertó al escuchar que me levantaba.

—Estuvo bueno —dijo sonriendo—. Nunca había visto algo así sin entrar a otros mundos. Sobre todo la cantidad de energía acumulada. De verdad que tienes un enorme poder ahí, pero nada más atorado, sin que puedas hacer nada con él.

—No entiendo.

—En términos similares: es como si alguien tuviera atorado en el intestino un diamante del tamaño de un puño, pero no puede mostrarlo ni venderlo y la única forma de sacarlo es cuando muera. Algo similar te pasa a nivel energético.

Sentí que todo esto no me estaba ayudando y me disponía a preguntarle que entonces qué diablos podía hacer cuando completó:

—Pero no te espantes, lo tuyo no es tan grave. Y si todo sale bien no tendrás que esperar a morir para admirar y utilizar el diamante.

Zeotl se estiró y levantó los brazos, como imitando un monstruo, y rugió y aulló entre risas y brincos dando vueltas por la habitación.

—Me hubiera gustado ser Nagual Coyote —concluyó su actuación—. Es muy divertido y emana mucho poder.

A mí no me parecía divertida en absoluto la transformación que sufría.

—¿Qué sucedió en detalle anoche, Zeotl? —pregunté.

—Pues te transmutaste en coyote, lobo o lo que sea que eres y déjame decirte que eres realmente feo. Pero muy feo. Eso sí, muy poderoso. Te alebrestaste, como era de suponerse, y tuve que pararte. Se ve que no controlas ni un poquitito tu voluntad. El espíritu colectivo del animal se apodera de ti. Te pusiste furioso. Después te saqué a hacer del baño porque supe que si no lo hacía te ibas a cagar y a orinar en mi casa. Y eso sí no me hubiera gustado, así que te llevé a pasear alrededor de la casa y después de que hiciste tus necesidades te guardé.

—¿Cómo es posible?

—Digamos que con un collar y una cadena de energía.

—¿Cómo puede usted hacer todo eso? ¿Por qué la criatura no le daña?

—Dicen que más sabe el diablo por viejo que por diablo. Tengo poder, muchacho. Poder que me ha tomado toda una vida reunir. No eres peligroso para mí. Básicamente porque crees en mí. Me das tu confianza. Y el participar activamente en tus experiencias de transmutación me da aún más poder.

Pregunté si también para Maisha era seguro o peligroso, porque yo creía en ella del mismo modo.

—Peligrosísimo para ella. Puedes confiar en ella, pero no tiene suficiente poder. Es una niña en cuestiones de poder. Lo que me contaste que hizo fue de un riesgo enorme. Pudo haber perdido la razón o la vida si algo salía mal. La primera vez fue crítico. No sé cómo se atrevió. Le salió bien, pero la más mínima falla…

—Pero lo repitió en su casa, como le conté.

—Sí, las siguientes ocasiones ya te tenía medido. No era tan peligroso, pero si ella llegara a perder su concentración, a dormirse o tener emociones negativas acerca de ti, todo el maldito acto de brujería se volvería en contra de ella.

"Maisha es especial, tiene poderes únicos, sobre todo con las plantas y los hongos. Pero como dije, es una niña; está en preparación. Hay que reconocer que es muy valiente. Ella no depende de mí. Es decir, no es mi estudiante, pertenece a otro lado.

—¿Por qué cuando le pedí cura de mi mal no me habló inmediatamente de usted?

—Es posible que no pensara que yo pudiera hacer algo, o tal vez no se acordaba de mí. No nos vemos muy seguido; pero por lo que conozco de ella casi puedo asegurarte que decidió probar ella misma y agotar todas las posibilidades antes de consultar a alguien más.

—¿Siempre ha vivido sola allá, cerca de la laguna? —pregunté.

Zeotl sonrió maliciosamente.

—Sé lo que sientes por ella —continuó—. Y aunque no soy muy partidario del amor y esas cosas, porque son complacencias para el cuerpo físico y falsa percepción, sé que cuando es verdadero es un camino único de poder. Te diré algo. Si completaras el entrenamiento hasta las últimas fases serías capaz de desplazarte hasta donde Maisha a la velocidad del pensamiento.

—¿De verdad? ¿Usted puede hacerlo?

—Lo que Zeotl te dice es porque Zeotl lo ha hecho.

—Entonces, ¿usted podría viajar donde ella y llevarle un recado, por ejemplo?

—Ah, chinga, Zeotl no es recadero de nadie y menos alcahuete.

—Lo siento, era un ejemplo.

—Mejor ponte a practicar lo que te enseño. Vamos a desayunar.

–Sólo dígame, Zeotl, ¿por qué Maisha no estudia con usted?

—¿Por qué no estudiaste en Italia? —me respondió.

—Bueno, yo no vivía en Italia, nací en Francia y allá estudié.

—Es igual. Ella nació allá por Veracruz y allá aprendió. Yo vivo por aquí en la región central. Tan sencillo como eso.

Poco a poco pude enfocar mi atención durante el sueño en mi antebrazo derecho. Ya podía hacerlo por un buen tiempo. El paso siguiente fue cambiar al antebrazo izquierdo. Poco a poco lo logré. A veces me dormía de día para soñar e intentarlo. Después Zeotl me indicó que jugara vencidas en mi sueño. A veces no podía encontrar a alguien más para jugar, pero en otras ocasiones sí soñaba con amigos de Francia y jugaba, estando consciente de que era un sueño. Aún así, nunca me dejé ganar. Le conté a Zeotl sobre los concursos de vencidas y quiso competir conmigo.

Cuando competimos quedamos que el vencedor sería quien ganara dos de tres. Él se quitó la camisa para competir.

Empezamos ambos con mucha fuerza y nuestros brazos se trabaron en un duelo de fortalezas. Mis venas saltaron y mis músculos se ensancharon. Mi brazo era blanco y el de Zeotl, moreno. A mí me resaltaban más las venas y a él los músculos de brazo y antebrazo, por el color de nuestra piel.

Después de algunos minutos Zeotl movió su cabeza y su mirada hacia el lado que debería caer mi brazo; en seguida movió el brazo y me venció. No pude detener su fuerza.

—En verdad estás fuerte, muy fuerte de los brazos —me dijo—. Pero no te hice trampa.

—¿Cómo habría hecho trampa?

—Robando tu poder, ¿quieres ver?

Parecía que el jugar enseñándome la trampa le parecía aún más emocionante. Así que jugamos de nuevo. Esta vez abrió la boca e inhaló con nariz y boca. Simplemente dobló su brazo y en unos segundos me venció.

—Así me alimento de tu energía y te gano fácil —me explicó—. Si hubieras ocultado tu energía como Maisha te enseñó yo no podría haber hecho eso. Para eso te sirve el protegerte de esa forma. Los seres no materiales también buscan tu energía. Pero no te preocupes, a ellos no les interesa mucho alguien como tú.

No sabía si lo que dijo era bueno o malo, pero sonreí.

—Trata de soñar contigo mismo con la apariencia del lobo. Entonces oblígate a que ambos se sienten a la mesa a competir en esto. Enfoca tu antebrazo y vence al lobo. Creo que ya tienes control suficiente para analizar esa parte. Cuéntame qué sucede cuando lo hagas.

Esa misma noche pude soñar con mi "yo" lobo. Obligarlo a sentarse a competir fue fácil. Empezamos y enfoqué mi antebrazo. Pareció darme poder. Sabía además que era mi sueño y en mi sueño no lo iba a dejar vencerme. Pero entonces sucedió lo imprevisto. El lobo apretó mi mano muy fuerte y comenzó a dolerme. Me enterró las garras en el dorso de la mano y comencé a sangrar. Me dobló el brazo con gran fuerza y rompió mis huesos del antebrazo; pude ver mi brazo roto con el cúbito y el radio colgando y los tejidos musculares vivos, chorreando sangre. El rostro del lobo, cruel y furioso, estaba gruñendo frente a mí, con su aliento espantoso. No pude más y desperté.

Mi antebrazo estaba bien, sólo me dolía; tal vez era más la sensación psicológica del sueño del que acababa de despertar. Pero noté que me habían crecido los colmillos y el pelo en la cara. Mis omóplatos habían crecido también y los dedos de mis pies. También tenía garras en las manos. Era como una transformación a medias. Me asusté, porque quedarme así sería lo peor que podría pasarme... pero poco a poco mi cuerpo volvió a la normalidad. De inmediato corrí con Zeotl a contarle.

No pareció estar muy a gusto con el resultado del sueño.

—Fue demasiado. El lobo te controla. Sin embargo ya sabemos por dónde puedes llegarle. El sueño empieza a funcionar para ti y para él.

Zeotl me indicó que empezara a soñar en estado lobo y de igual manera fijara mi atención en el antebrazo derecho durante la transmutación.

El día que llegó la transformación mantuve mi atención en el antebrazo derecho. Gracias a las prácticas anteriores en sueños pude estar consciente por primera vez en todo el tiempo que duró la metamorfosis.

Mi mente no estuvo todo el tiempo conmigo, pero sí mi conciencia y mi atención. Fue más doloroso, pero ahora sí recordaba todo, desde que inició la transformación hasta que volví a la forma humana. Sólo que fue tan agotador que después de eso me dormí.

Conté a Zeotl que había podido estar consciente y escribí notas, que ahora transcribo:

Fijé la atención en mi antebrazo. Mi corazón empezó a latir más rápido y mi pulso aumentó. Empezó el dolor de cabeza y de encías. Me dio hambre y una especial ansia de beber ron o algo parecido, como para saciar el dolor de las encías. Mis colmillos crecieron y mis molares se ensancharon.

Pude sentirlo y observar que eso es lo que causó el sangrado de mi boca. Mi quijada y maxilar superior crecieron, alargándose y separándose de su posición original, lo que causó aún más dolor y sangrado por dentro, cerca de la garganta. Mis músculos se hipertensaron. Sentí la tensión en todo el cuerpo pero no separé la vista del antebrazo derecho.

Saltaron los músculos. Aún podía pensar y me vino a la mente el concurso de vencidas con Zeotl. Ahora mis músculos eran más grandes y más definidos que los de él. Pensé que en ese momento podría vencerle. Las venas de mi antebrazo palpitaban y los vellos de mano y antebrazo crecieron, volviéndose más gruesos. Creció vello también en la cara interna del antebrazo. La articulación de la muñeca se dobló hacia atrás sin control y los huesos de carpo y metacarpo se alargaron, por lo que mi dedo pulgar se jaló hacia arriba, casi sobre el antebrazo. Sucedió en ambas extremidades, sólo que me concentré en el antebrazo derecho para poder seguir consciente.

Los músculos del pecho se tensaron y se jalaron hacia adentro, obligando a mis hombros a juntarse un poco hacia el frente. Sentí entonces que algo en mi espalda tronó. La curvatura de la espina dorsal se deformó y no pude mantenerme erguido. Mi tronco cayó hacia el frente. Después pude levantarme, pero no pude quedar totalmente erecto, sólo podía mantenerme en los dos pies pero con la espalda encorvada, tal vez como un gorila. Mis piernas se hicieron más fuertes. Cada uno de los músculos que componen el cuádriceps creció de manera independiente y con distinta proporción, por lo que las piernas cambiaron su forma. Las pantorrillas al tensarse subieron un poco la posición de sus músculos y los pies me crecieron. Como que algo se rompió en mi tobillo y sentí estar caminando sobre los talones.

También los huesos tarsianos crecieron, alargando el pie. El dedo gordo de éste se separó de los demás, formando una extraña garra. Todas las uñas se convirtieron en garras. Mi mente aún me permitió reírme irónicamente, ya que justo esa mañana acababa de cortar mis uñas. Noté que podía caminar en dos pies o en cuatro. Y mi mente estaba ahí. Ya no totalmente lúcida, pero estaba todavía. Tenía necesidad de comer algo y miré los candados, las llaves y los números de las cerraduras. Como mi mente estaba presente pude tomar las llaves y abrir los primeros candados. Podía recordar también las combinaciones de números de los otros candados y empecé a abrirlos, aunque me costaba trabajo porque mis manos no tenían una forma humana apta para mover el mecanismo. Sólo que fijar la atención en las llaves y los candados me había hecho perder de vista mi antebrazo derecho y todo empezó a desvanecerse. Sentí que gruñía y hacía ruidos extraños mientras poco a poco me era imposible pensar, incluso percibía de otra forma. Recordé el antebrazo y lo busqué para mirarlo fijando mi concentración en él, pero no lo podía encontrar por ningún lado. Apenas alcancé a entender que el antebrazo humano que yo buscaba no existía más en ese momento, pues se había transformado en una pata; un objeto que no me era familiar. De cualquier forma me miré la pata. Y fijé mi atención y concentración en ésta. Al principio pareció no funcionar, pero poco a poco la mente empezó a volver cuando recordé que había sentido que esa pata llena de músculos hipertrofiados y pelo exagerado era mía y me permitiría vencer a mi adversario; entonces sentí el antebrazo como mío otra vez y como un anclaje a la realidad. Mi conciencia entonces se mantuvo conmigo. Mi mente... no lo sé, porque tuve pensamientos o emociones muy simples y que no identificaba como míos en algunos momentos, pero estuve consciente de ello; por eso digo que mi conciencia estuvo conmigo. Pensaba en comer, sentía hambre, todo me disgustaba, quería brincar, patear, romper. Golpeé la jaula varias veces. Varias veces pensé en abrir para salir, pero era mayor el miedo a perder la noción de lo que estaba pasando. No puedo decir el control, porque siento que nunca lo tuve. Jalé comida de la mesa, la cual cayó por el modo en que tiré de ella a través de los barrotes.

También tenía mucha sed. Así pasé una de las noches más largas de mi vida. Trataba de pensar qué pasaría si mejoraba el control sobre mi voluntad, pero mis ímpetus de aullar, comer, saltar y correr borraban de inmediato el pensamiento racional que quería sostener.

Sabía que al amanecer volvería a ser yo. O al menos lo que comúnmente percibía como "yo". Porque esta criatura también era yo. No pude dormirme por la excitación que me causó percibir el mundo y percibirme a mí mismo de forma tan diferente. Así que presencié también mi regreso a la forma humana.

Sentí gran comezón en todo el cuerpo. El pelo se me empezó a caer de todos lados. Los huesos volvieron a su posición y tamaño original de forma más rápida que la transformación inicial, aunque no menos dolorosa. El dolor duró menos, pero fue igual de intenso. Sudé muchísimo. Mi estructura ósea se acomodó primero y los músculos seguían crecidos y fuera de lugar sin los huesos que les habían apoyado, además sin tensión ni control. Me asustó mucho la idea de quedarme así. En pocos segundos los músculos redujeron su tamaño y alcanzaron su proporción normal. Las uñas no desaparecieron sino que se secaron y crecieron un poco más para caerse, dejando en su lugar uñas nuevas recién nacidas.

También lo comprobé porque había cortado mis uñas y las marcas irregulares que habían quedado en una de ellas permaneció en la punta de la garra, pero desapareció en la uña nueva, recién nacida.

Con los dientes fue peor. También se cayeron y nació dentadura nueva. Aunque uno de mis dientes tiene una forma irregular en la punta, creo que por un golpe cuando era más joven, el diente volvió a salir con la misma forma. Esto me dio una idea más clara de por qué nunca jamás había sufrido picaduras en los dientes. ¡Porque los cambio cada mes! Yo no sé si papá o mi abuelo sabían esto, pero recuerdo que el abuelo siempre fue muy fuerte y tomaba cantidades exageradas de leche, que obtenía de la granja de la cual era socio. Supongo que el cuerpo pierde mucho calcio y sales minerales en estas transformaciones. Sin embargo, a diez años de transformarme no padezco ninguna desnutrición y mis antepasados nunca presentaron deficiencias físicas al avanzar la edad.

Los restos de mi cuerpo animal se transformaron en minutos. Se petrificaron o se carbonizaron. A la vista parecían piedra. Tomé lo que había sido uno de mis colmillos y lo guardé para tratar de analizarlo posteriormente cuando tuviera instrumentos y reactivos a la mano.

Cuando comenté todo esto con Zeotl no se interesó por los detalles, puesto que él ya había presenciado la transformación.

Dijo que lo más importante es que había podido mantenerme despierto y consciente, que había sido un gran avance. Mencionó que fue peligroso cuando perdí mi antebrazo de vista, porque pude haberme salido sin control de la jaula. Se mostró complacido con mi adelanto y planeó algunos ejercicios para mantener la conciencia adquirida y empezar a probar control.

Escuchar que trataría de ejercer control me entusiasmó. Zeotl pareció leer mi mente porque de inmediato dijo:

—No te emociones mucho con el asunto del control. Apenas vamos a probar, y los primeros resultados podrían no ser buenos. Puede llevar años o vidas enteras perfeccionar la manipulación del poder.

VI

LAS PRÁCTICAS EN EL VOLCÁN

Pasé meses entrenando y practicando técnicas con Zeotl. Una vez me encontré al grupo con el que lo había conocido anteriormente. Estaban todos juntos otra vez. Fue una especie de fiesta familiar, con cierta magia especial. Me dio gusto que me incluyeran en el grupo y participara con ellos. Me trataron como si fuéramos amigos que se ven a diario. Con Zeotl era de esperarse el buen trato, porque, aunque la relación era como de maestro-alumno, ya habíamos compartido muchos días y experiencias juntos. Pero con los otros no. Sin embargo parecía que hubiéramos estado juntos todo ese tiempo. En esa ocasión acordamos ir a otra reunión cercana a la capital donde habría una celebración dedicada a la muerte. He de aceptar que me asustó, pero ya era más mi curiosidad que el miedo. Pero antes de ese supuesto viaje a la región de la muerte, habría que hacer una excursión al volcán en la región de Puebla. Al otro día partimos todos hacia los volcanes. Recordé a Zeotl que eran mis días de quedarme aislado, pero él creyó que era mejor ir al volcán.

—Será el tiempo y lugar para que todos tengan experiencias increíbles.

Al día siguiente estábamos por salir. Ya me habían advertido que necesitaría ropa gruesa, porque llegaríamos hasta la nieve en los volcanes. Pregunté por qué los demás no llevaban ropa tan gruesa o que si yo había exagerado, pues Ramiro me había provisto con gruesos abrigos, botas y gorro. Zeotl me dijo que los demás estaban bien entrenados y ya no necesitaban abrigarse. Antes de salir, me entregó un paquete.

—Tienes carta de Veracruz —sonrió.

Abrí el paquete y encontré una breve carta de Maisha, enviando saludos. Recuerdo que la parte final decía:

Pienso en ti constantemente. Espero tu corazón esté feliz, mi valiente amigo. Te mando un pequeño obsequio. Cuando en el alma sientas frío me gustaría estar contigo. Si sientes frío en el cuerpo sólo fuma el presente que te envío.

Había un paquete cuidadosamente envuelto en una especie de papel, extraño para mí. Lo abrí y distinguí una masa que no alcancé a distinguir qué era. Parecía polvo, o tal vez algo molido. Zeotl observaba sobre su hombro e intervino.

—¡Mira cómo la traes! Se ve que esa chica te quiere bien ¿eh?

—No lea mis cartas, Señor Zeotl —dije un poco en broma, escondiendo el papel—. Son privadas.

—No, pues si no alcanzo a ver lo que te escribe, pero lo digo por lo que te mandó. Es la mezcla de hongos que se usa para fumar. Es muy valiosa. Seguro ella misma recolectó los ingredientes; la preparación de dicha mezcla tarda un año. Y ella te convida de su provisión. De verdad que es buena chica. Al menos buena contigo —rió.

—Dice que no sentiré el frío si lo fumo.

—No sentirás el frío, ni tus brazos, ni tu nariz ni tu cabeza ni nada —estalló en risas.

—No entiendo. ¿Me hará mal?

—No, al contrario. Es bueno, sólo que fuma de a poquito. Eso que te envió te debe durar un año. O al menos hasta la próxima vez que la veas.

Pensé entonces en la próxima vez que tuviera oportunidad de ver a Maisha. Me sentí contento y empezaba a imaginar cosas, pero rápidamente presté atención a Zeotl.

—Además te ayudará a aumentar tu poder, porque casi no tienes. Digo, tienes mucho, pero ahí atrapado. El regalo de la bruja te ayudará.

No me gustó que Zeotl llamara "la bruja" a Maisha. Pero después de todo así se llamaban entre ellos. Me pregunté si el camino que estaba yo siguiendo era para llegar a ser "brujo". Se lo pregunté a Zeotl durante el viaje.

—Sinceramente no creo que tengas la fuerza suficiente —dijo de forma definitiva.

Quise hacerle saber que no era cuestión de fuerza, que era cuestión de decisión y empeño, pero que yo quería saber qué es lo que estaba aprendiendo de él.

—Entonces no creo que tengas la decisión y el empeño suficientes —agregó—. De cualquier forma, lo tuyo es diferente. Son caminos que se sobreponen en gran parte, pero con un destino diferente. Lo tuyo es por lo de tu transmutación. Pero ¿quién sabe? Al final tú eres quien toma la decisión. Y uno no sabe todo lo que estés dispuesto a hacer por tu bruja —agregó riendo a carcajadas.

El día que llegamos al pie de los volcanes Zeotl me contó una leyenda. La llamó el "Idilio de los Volcanes". Me dijo que es una historia muy conocida. Los protagonistas de dicha historia eran una doncella y un guerrero. Dijo que había variantes de la leyenda, pero en esencia era la misma; me la contó con detalle, pero reproduzco lo principal:

La doncella y el guerrero se amaban intensamente. El guerrero fue mandado a batalla. Pasó mucho tiempo y no regresaba. Se supo que su ejército había perdido la guerra y hasta la doncella llegó la noticia de que su guerrero había muerto. Ella lloró y sufrió muchísimo. Como el tiempo pasó, la doncella fue dada en matrimonio a otro hombre. La doncella no estaba de acuerdo, pero se tuvo que resignar. La tristeza se apoderó de ella. Cuando la casaron regresó el guerrero, que en realidad no había muerto. La doncella no pudo soportar el ver a su amado ahora que había sido dada a otro hombre. La tristeza, la culpa, la desesperación y la impresión le causaron la muerte. El guerrero supo que su amada había sido dada a otro hombre; pero la amó hasta la muerte. Levantó a su amada tendida y la cargó hasta lo alto de la montaña. El se arrojó al cráter de un volcán. Desde entonces quedaron convertidos en volcanes. En leyenda.

Ella es la Iztaccíhuatl —la mujer dormida— y él es el Popocatépetl —el cerro que humea.

Pregunté de qué fecha data la historia.

—Mmmm... Desde ¡uuuuuuuh! —me respondió Zeotl, levantando su mano hacia el viento; luego me miró— Desde los tiempos que se adoraba al Dios Coyote.

Me dijo también que a las mujeres que morían de mal de amores las enterraban en las faldas de Iztaccíhuatl.

—¿Por qué preguntas lo de la fecha?

—Porque la historia me pareció muy... muy amorosa, muy... romántica. En Inglaterra hay desde hace como cien años una historia de enamorados, en otro contexto; es teatro, pero ambos mueren al final, igual que en su historia…

—No es mi historia, yo no la inventé. Es del dominio público, no tiene un dueño. Y es de hace más de cien, de cientos de años.

—Entiendo; lo que quería decir es que la historia inglesa me conmovió mucho, pero la que usted me contó me parece aún más conmovedora. Es una gran historia de amor. Zeotl rió.

—El amor es un poder. Pero difícilmente el ser humano lo identifica en la vida. Así que casi siempre es un apego, una dependencia o un ansia de gratificación personal; en fin, un espejismo. Por lo tanto no hay que dejarse llevar. No espero que entiendas a estas alturas, pero tenlo presente.

—Pero los volcanes estaban enamorados... ¿la leyenda es cierta? ¿Es verdad?

—Las leyendas no son verdad ni son mentira. Son eso: leyendas.

Miró hacia los volcanes y me indicó:

—A la que subiremos es a la mujer. A ella puedes llamarla doña Manuela. Al Popocatépetl puedes llamarlo don Gregorio.

—¿Eran los nombres de los enamorados?

—¡No, no, no! —exclamó Zeotl, agitando sus manos— Esa es otra historia. En algunas partes del Iztaccíhuatl podrás ver de lejos al Popocatépetl. Aún está activo, por eso es "el cerro que echa humo", y don Gregorio puede hablar con la gente. No con toda, pero con algunos que escoge para transmitir su mensaje.

—¿Y la Iztaccíhuatl no habla, Zeotl?

—No sé. Yo nunca la he escuchado. Tal vez no habla, porque está dormida.

Cuando subíamos la montaña, Tlaixhi, uno de los aprendices de Zeotl, me preguntó, en perfecto español:

—¿Ahora sí te vas a convertir en coyote?

—Bueno... me es inevitable. Supongo que lo haré.

—Yo soy buitre. Esta noche podrás verme —me dijo—. Ya casi controlo por completo, he volado siguiendo al agua de lluvia. Bajo su mando pude atravesar una barranca y volver a casa. Esta vez iré más lejos. Sé que puedo hacerlo solo.

Las mujeres subieron también con gran habilidad la ladera del volcán. Sí llegamos hasta donde había nieve. Ellas eran muy fuertes, como Maisha, pero no tan guapas. Yo era el único que iba abrigado hasta las orejas. Los demás llevaban ropa gruesa, pero nada exagerado. No tuve un termómetro en esos días, pero yo estoy seguro que la temperatura estaba por debajo del punto de congelación del agua.

Tuvimos un descanso ya en la parte alta de la montaña.

Los hombres encendieron una hoguera y las mujeres sacaron provisiones de sus mochilas. Improvisaron un anafre con piedras.

Se vieron muy hábiles, como si llevaran años viviendo en los montes, fuera de casa. Una de las mujeres tomó una masa oscura, como gris verdosa, y partió pedacitos, que amasaba entre las manos y aplanaba, poniéndolos a cocer. El resultado me pareció como un grupo de panecillos aplanados.

Pregunté a Zeotl qué era eso. Se rió de mí.

—¿Eso? Son tortillas, tortillas de maíz.

—Bueno, he comido las tortillas, con usted; Maisha hacía tortillas también, pero eran más delgadas y el

maíz amarillo.

—Bueno, estas son gordas, más gruesas, las otras más flacas, es lo mismo. Pero hay diferentes tipos de maíz. El que conociste es amarillo; también hay blanco, que es un poquito más descolorido, existe también éste, que es el maíz azul...

—Más bien se ve verde. Las tortillas salen verdes —aseguré.

—Bueno, pues se llama azul, maíz azul —me confirmó—. También existe el maíz pinto. La composición de todos es muy similar y el valor alimenticio es el mismo. Pero el brujo usa el maíz pinto para sus encantamientos.

—¿El maíz? ¿Cómo lo usa?

—Hay diversas formas de utilizarlo, cada grupo lo hace de forma distinta, pero lo interesante es que se le atribuyen propiedades mágicas.

Después de la comida caminé junto con Garec para buscar unas plantas que pidió Zeotl. Pregunté a Garec si descansaríamos esa noche para empezar lo que sea que tuviéramos

que hacer al día siguiente.

—¿Descansar? ¿Ya te cansaste? —me miró un poco extrañado.

—No, pero pensé que haríamos un descanso, una pausa —a veces mi español no expresaba exactamente lo que quería decir.

—No, amigo, no hay descanso. Deberías aprender eso. Cada momento de la vida tiene una finalidad. Y la intención de ésta es dirigirte donde has decidido; de manera que ¿para qué perder tiempo? Sobre todo porque somos mortales. Tu muerte te sigue siempre,

siempre, dos pasos atrás de ti. Así que si te detienes sin razón, puede ser más fácil que ésta se tropiece contigo. Aun cuando a lo mejor ni te tocaba. Así que trabajaremos hoy, porque no sabemos si viviremos hasta mañana.

Garec parecía sentirse satisfecho, no sé si por haberme tratado como a alguien que no sabe nada de la vida como ellos estilan o por haberme enseñado algo. Sin embargo, lo que me dijo esa vez tuvo un impacto decisivo en mi vida. Desde entonces y para siempre. Entendí mucho mejor de lo que él pudo haber imaginado la lección que acababa de darme.

Cuando llevamos las plantas noté que habían apagado la hoguera, pero estaban encendiendo otra en un lugar distinto. Zeotl dijo que la primera fue sólo para preparar alimentos y que la segunda es la que tenía como fin revelarle cosas o mostrar la presencia de espíritus.

Zeotl nos dio la indicación de crear un escudo energético protector alrededor de nuestro cuerpo. Cada quien lo hizo. Me dijo que lo estaba haciendo bien. Eso lo aprendí con Maisha y lo practiqué con Zeotl varias veces antes de la excursión al volcán.

Para formar un escudo energético uno tiene que basarse en la respiración. Lo mejor es sentarse con los ojos cerrados, con la espalda recta y las piernas relajadas, por lo que la posición en flor de loto es lo mejor; sin embargo no debe intentarse dicha posición si uno no está cómodo, según me explicó Maisha. Zeotl me dijo que con la práctica uno puede usar cualquier posición.

Se respira metiendo el aire primero hasta la parte baja de los pulmones; se siente que se respira con el estómago.

Debe sentirse, además del aire, la energía que entra al inhalar. Se hace entrar la energía por el punto situado justo debajo del ombligo, la energía debe entonces subir por una línea que se siente como por dentro de la columna hasta el centro del pecho y mantenerse ahí un tiempo; después hacerla subir pasando por la garganta hasta el punto más alto de la cabeza; de ahí hacer que la energía descienda al punto en el centro de la frente, donde se debe retener un poco más. En este momento, si uno está manejando de forma correcta la energía se verá una luz. Maisha me dijo que la luz debía de ser violeta. Zeotl dice que el color de la luz no es importante. La luz que yo veo no siempre es del mismo color. Después de retener un poco la energía en el centro de la frente se deja bajar hacia el pecho y luego hacia el punto debajo del ombligo, por donde entró, para retenerla brevemente antes de dejarla salir nuevamente.

Esto completa un ciclo y al seguirlo así genera una especie de anillo energético que protege contra perturbaciones exteriores. Sé que en las mujeres la técnica es ligeramente distinta.

Zeotl dio distintas indicaciones a cada quien; no pude escuchar del todo porque cada quien estaba ya en distintos sitios del volcán. A mí me explicó que esa noche tendría que empezar concentrándome en mi antebrazo derecho y mantenerme consciente como ya lo había logrado. Me guiaría con su propio poder para poder conocerme a mí mismo y practicar obteniendo mi propia fortaleza. Podría ver a los demás también practicando. Explicó que esa noche sería de transformación, y la siguiente intentaríamos un procedimiento para erradicar la transmutación.

—¿Es verdad? —pregunté asombrado—. ¿Por qué no me lo había dicho? Antes me hizo creer que no había cura.

—Así es, hasta donde sé no se quita. Es un hechizo perpetuo. Pero tú y yo nos parecemos en algo: nos gusta investigar y leer. Y desde que supe de lo tuyo no he parado de investigar. Y hallé algo que tal vez ayude. Lo encontré en manuscritos europeos; si vieras el trabajo que me dio conseguirlos y luego entenderlos. No te lo dije pues no quiero mentirte ni darte falsas ilusiones; es un proceso muy sencillo que se dice ha funcionado con otros lobos. Pero ninguno de tu familia.

Sucede que tu familia, según me cuentas, es la que sufrió la maldición original y no sé si esto funcione contigo.

– Pero necesito que sepas que mañana vamos a intentarlo –continuó–. Y hoy pongas todo tu empeño en mis indicaciones, porque tal vez sea la última vez que te transformas y tienes que poner toda tu fuerza, todo tu poder. Por tu bien, y sí, también por el mío.

El crepúsculo fue el marco para la práctica que iniciamos aquella vez. Podía ver a los demás sentados a la distancia. Cuando mi transformación empezó fijé mi atención en el antebrazo. Zeotl se encontraba cerca, pero no fijó su atención en mí. También observaba a sus discípulos. Me dio la impresión de un profesor que supervisa a sus alumnos en la escuela. Sufrí los mismos cambios de siempre, me concentré en el antebrazo derecho y logré permanecer totalmente consciente otra vez. Ahora podía ya fijar mi atención en diferentes partes de mi cuerpo y permanecía despierto, alerta y consciente.

Me sentía furioso, enojado, colérico, sin entender por qué. Me levanté. Pude ver a los discípulos de Zeotl sentados, pero ahora poseían un brillo deslumbrante alrededor de su cuerpo. El brillo lastimaba mis ojos y hacía que mi instinto me alejara de ellos. Miré hacia la hoguera y pude distinguir extrañas sombras que pasaban entre las llamas.

—Sólo son espíritus –me dijo Zeotl–. No nos molestarán. Sígueme.

Aún me encontraba furioso, pero por alguna razón no podía agredir a Zeotl y mi mente me dictaba confiar en él, casi obedecerle.

Lo seguí y miré alrededor. Percibí todo de una manera distinta. Las cosas parecían más vivas. Los árboles brillaban y parecían respirar; también las personas. Yo mismo me sentí diferente. Zeotl, lleno de luz, me ordenó correr alrededor del volcán. Corrí, cada vez más fuerte, y me di cuenta que me desplazaba a una velocidad increíble. Seguí y ascendí el volcán, sin cansarme. Podía sentir a mi lado una brisa que acompañaba mi carrera.

—¡Ahora salta! —me ordenó la voz de Zeotl pegada a mi oído.

Miré una saliente del volcán y brinqué hacia ella con toda mi fuerza. Sentí mis piernas más fuertes que nunca y me levanté varios metros del suelo. Calculo que salté poco más de seis metros hacia arriba. Levanté los brazos y mi antebrazo derecho alcanzó la orilla de la saliente, tal vez a unos ocho metros desde donde me elevé. Usando sólo el brazo derecho pude subir a la saliente de la que había quedado colgado.

—Ahora junta toda tu energía —escuché la voz de Zeotl. Me concentraba en atraer y guardar energía cuando vi a Tlaixhi en la orilla de un precipicio. Él estaba en cuclillas, abrazando sus rodillas con los brazos y la cabeza agachada. Apenas pude distinguirlo, porque se veía como un bulto redondo, brillante, como un capullo con la figura humana de Tlaixhi dentro. Me detuve a observarlo. Sus espaldas se ensancharon y pude ver que sus brazos se convertían en plumas. No fue una transformación como la mía, porque en él las alas aparecían de la nada y sólo se veían por fracciones de segundo. El resto del tiempo era un humano dentro de la luz.

Tlaixhi levantó los brazos al cielo —o abrió las alas— y mirando hacia arriba se lanzó hacia el precipicio. Traté de distinguir hacia dónde iba su cuerpo, pero sólo vi un haz de luz que se esparció.

Seguí reuniendo energía. Me sentí cargado, con un ímpetu enorme; un leve cosquilleo recorría mi cuerpo.

Sentí energía, fuerza, y si alguna vez había dudado de lo que Zeotl quería decir con la palabra "poder", ahora podía comprenderla perfectamente. Me sentí lleno de poder. Zeotl me indicó que gritara con toda mi fuerza. Lo hice, pero lo que salió fue un aullido imponente. Aullé hasta vaciar mis pulmones. El sonido fue impresionante y sentí que el mundo entero había vuelto la vista hacia mí; también percibí por primera vez en mi vida que esta transformación no era un mal como siempre lo había visto; ahora estaba seguro que era un poder. Cuando pensé esto escuché el eco que devolvía mi aullido. Pensé que el volcán estaba de acuerdo conmigo y me lo confirmaba de esa manera.

Zeotl me indicó que siguiera mi corazón y recorriera el terreno. Él se retiró a trabajar con cada uno de sus discípulos.

Brinqué, corrí, trepé árboles. Me sentí libre como nunca. El instinto por perseguir, cazar, matar y comer se había desatado. No había nadie en el volcán, sólo los brujos, pero me era imposible acercarme a ellos, así que no podría dañar a nadie y estaba libre. Estábamos tan alto en el volcán que descender hasta el poblado más cercano habría sido prácticamente imposible. Además tenía uso parcial de mi razón, pero mi instinto me movía a la vez.

Encontré una luz que se distinguía entre las rocas, nieve y vegetación. Supe que era un ser vivo por la manera en que se movía y el brillo. Al acercarme distinguí que era un oso. No sabía que había osos en el volcán. El animal me gruñó y corrió a atacarme. En mi estado humano hubiera huido a toda velocidad. Y corrí a toda velocidad; pero en dirección al oso. Ambos deseábamos dañar al oponente y obtener la victoria en la lucha. Yo pude atacar primero, cuando me lancé con todo mi cuerpo sobre él. Le pegué con el hombro a la altura de su cuello y traté de enredar mis brazos alrededor de su cuello para ahorcarle; el golpe lo sacó de balance, pero sacudió el cuello y caímos. Sus brazos eran muy fuertes y sus zarpazos me lanzaron al suelo a varios metros cuando me alcanzó.

También probé la fuerza de mis garras cuando logré desviar uno de sus zarpazos con mi brazo derecho y enterré mi garra en su brazo. Entonces mordió mi hombro, porque me cayó encima; fue difícil moverme. Abrí mi hocico (no puedo decir "boca") y con fuerza mordí su cuello. Sentí su piel muy gruesa, pero conforme apreté mi quijada ib desgarrando capas, hasta que gruñó de dolor. Recuerdo que arranqué el trozo de su piel y me agradó el sabor de la sangre que había bebido.

Continuamos luchando no sé por cuánto tiempo, hasta que mi adversario cayó mientras yo lo abracé para derribarlo.

Entonces comí su carne y bebí su sangre. Me sentí aún más fuerte y más vivo, pero calmado y tranquilo.

Después de eso seguí caminando por la montaña, observando alrededor, todavía maravillado por la nueva forma en que percibía el mundo con mis ojos de lobo. Las ardillas aparecían ante mis ojos como bolitas de luz que rodaban a gran velocidad entre los árboles; dentro de la bolita luminosa veía el cuerpo de la ardilla como lo conocían mis ojos anteriormente.

Al mirar las copas de los árboles distinguí a una de las discípulas de Zeotl. Ella estaba recargada sobre el grueso tronco, mirando hacia las hojas, con un brazo extendido sobre una rama y el otro hacia arriba. La luz que la envolvía parecía fundirse con la del árbol y el flujo de energía que pude ver iba por las hojas de éste, el tronco, pasando a través de ella. Su cuerpo parecía estar desnudo, sin embargo, al observarla bien noté que llevaba ropa blanca y era mi visión la que estaba atravesando las ropas con ayuda de la luz. Ella me vio pero no pareció prestarme atención. Seguí caminando y Zeotl se acercó a mí. Me felicitó; recuerdo que platicamos un poco, aunque no entendía cómo podría haber sido si yo no podía articular palabras en mi fase de lobo. Zeotl me dio una palmada en la espalda, bastante fuerte. Yo era fácilmente irritable como lobo, pero no me podía enojar con Zeotl.

Al amanecer la transformación de regreso tuvo lugar. Me dolió igual que siempre. Corrí por mi ropa porque de inmediato sentí frío otra vez. Mi visión había vuelto a ser la de siempre. Observé a la mujer que había estado sobre el árbol y no pude ver lo mismo que horas antes. Hasta me sentí un poco culpable al intentar verla igual que antes.

Noté que Tlaixhi no estaba. Desayunábamos ya cuando él llegó escalando hasta donde estábamos. Levantó los brazos en señal de triunfo y algunos le aplaudieron.Cuando platiqué a Zeotl que había vencido al oso y me lo había comido se mostró muy complacido y dijo que yo ya había empezado a reunir mi propio poder. Si bien la batalla con el oso había sido una experiencia fantástica e increíble, lo que me dijo Zeotl fue aún más desconcertante.

—No era un oso —explicó Zeotl—. Aquí en el volcán no habitan osos, que yo sepa. Se trataba de un espíritu. Te felicito, lo venciste e hiciste tuyo su poder.

—Pero, Zeotl —traté de explicarle—, fue real. Pude haber muerto, mire mi herida en el hombro. En verdad estuve peleando con un oso.

—Claro que pudiste haber muerto. Y claro que te hirió. Los espíritus pueden materializar energía. Y si te hubiera vencido tu poder sería ahora suyo.

—¡Pero lo toqué y sentí su pelo, su piel, su sangre!

Zeotl se rió, moviendo la cabeza.

—Está bien, digamos que el espíritu se materializó en un oso con el que peleaste.

La segunda noche Zeotl me colocó en un círculo formado con piedras, y esperamos a que la transformación iniciara.

El proceso consistiría en extraer tres gotas de mi sangre durante la metamorfosis. Zeotl había leído cómo hacerlo y se encargaría. Empezó el cambio y me mantuve consciente mirando el antebrazo. Zeotl había entrado en el círculo de piedras conmigo y me ordenaba; yo sólo podía obedecer sus órdenes. Extendí el antebrazo y Zeotl extrajo la sangre. La colocó sobre una piedra y la enterró dentro del círculo. No sentí nada fuera de lo que para mí era común; Zeotl me observó un tanto desilusionado. El procedimiento no funcionó.

Salió del círculo y quitó algunas piedras para que yo pudiera salir. Me ordenó entonces salir a caminar por el volcán.

El resto de la noche también anduve corriendo y saltando por el volcán. Esta vez sólo cacé algunas liebres. Ahora sí comprobé que eran reales, pues pude mostrar los restos a Zeotl. Estuvo de acuerdo, pero no con la existencia física del oso, porque me retó a mostrarle los restos del animal y no los encontré.

En esta ocasión tuve que cumplir algunas tareas sencillas, como obedecer a Zeotl y seguir los recorridos que me marcaba; subir donde me indicaba, regresando siempre, sin perder la ruta ni dejarme llevar siguiendo mi olfato, mi instinto de caza o simplemente perder la voluntad. No pude completar las tareas totalmente. Varias veces perdí el control de mi atención y mi mente desviándome de mis ejercicios, pero siempre volví a ser consciente cuando Zeotl me llamaba. Esa noche vi a uno de los hombres del grupo atravesar una pared de roca.

La tercera noche fue similar, sólo que me sentí cansado y busqué una cueva para dormir. Recordé el comentario de Garec sobre aprovechar el tiempo estando consciente de la muerte, así que me levanté y corrí para intentar los ejercicios. No pude completarlos todos con éxito, pero puse todo mi empeño y Zeotl me dijo que había mejorado. Me advirtió que había mostrado control racional excelente, pero que todo se debía a que me encontraba bajo su protección. Me dijo que su poder era extraordinario y superior al de todos los brujos que pudiera conocer, que sólo él y unos cuantos podrían brindarme tal protección para actuar como lobo. Me advirtió que Maisha no podía siquiera intentarlo, y ella lo sabía.

También me explicó que por la interacción con mi energía y mi persona, además por el moderado éxito que tuvimos en los ejercicios, él había adquirido aún más poder. Pregunté qué me pasaría sin su protección. Según su explicación, sin ella mi mente racional me abandonaría durante mi estado lobo. Ahí es donde yo tenía que trabajar en obtener mi propio poder para retener mi mente.

Además los espíritus podrían detectarme y atacarme. Lo mismo los seres humanos que buscan poder. Enfatizó que la Orden de las Orquídeas Nocturnas podría encontrarme si yo volvía a Europa y me transformaba sin control en lugares abiertos.

Cuando descendíamos el frío me parecía insoportable; pensé en fumar la mezcla que Maisha me había enviado. Lo comenté con Zeotl y me dijo que no lo hiciera.

—Para fumarte eso debes estar quieto y sereno. Allá arriba habría sido una buena oportunidad. Pero los lobos no fuman. Guárdalo para mejor ocasión. No importa si no hace frío, pero busca el momento preciso.

Bajamos el volcán y regresamos hacia el pueblo de Zeotl. Sólo nos acompañó una mujer y un hombre. Los demás se despidieron y se dispersaron hacia distintos caminos durante el trayecto.

Más tarde regresé a casa de Ramiro. Me recibieron con gusto, me preguntaron cómo me había ido en mi viaje y me entregaron correspondencia de don Chuy.

VII

EL PODER SIN CONTROL

Uno de los meses posteriores decidí practicar en el monte, sin el control de Zeotl. Escogí un monte de mediana altura, pero no habitado, solo y aislado. El truco principal esta vez fue rodear el cerro con cinco símbolos elaborados con anterioridad bajo las instrucciones que me dio el mismo Zeotl. Estos símbolos estaban hechos de madera, carrizo y palma. Los símbolos estaban ya impregnados del poder de Zeotl, que se había familiarizado con mi entidad energética, según me explicó. De tal manera, podría poner los símbolos alrededor de mi cama o de mi cuarto para no salir los días de transformación.

Sin embargo, no estaba listo para "probar" en casa de Ramiro, porque temía mucho que algo pudiera salir mal. Entonces decidí buscar mi propio monte y rodear la cima con los símbolos. Y entonces no podría traspasar esa frontera mágica.

Realicé mi experimento y me dio algunos buenos resultados. Pude concentrar mi atención fijándome en el antebrazo izquierdo antes y después de la transformación. Tuve impulso de correr, saltar y sentirme libre, como la vez anterior. Así lo hice. Esta vez no encontraba qué cazar o qué comer, así que mi mente animal trató de bajar la colina para buscar. Entonces la protección de los símbolos funcionó. Al acercarme a la barrera imaginaria creada por los símbolos mis músculos perdían fuerza y se relajaban en extremo, a punto de desmayarme.

Al alejarme de los límites mi fuerza y control muscular relativo volvían. Digo relativo, porque mi mente animal sí gobernaba al lobo, pero no mi mente racional.

Para poner un ejemplo más sencillo y fuera de la magia o las transmutaciones: era como cuando tienes tu novia o tu mujer y otra mujer atractiva te provoca. Te encuentras en un dilema con tu mente animal, que te dice que la hagas tuya, y tu mente racional, que te dice que vayas con tu mujer. Así trataba yo de gritarle a mi mente animal. Pero Zeotl no estaba presente y no pude controlar mi mente. Sí, me encontraba aislado y no podría dañar a la gente del pueblo que se veía a lo lejos. Pero yo no contaba con las cabalgatas nocturnas de los ejércitos.

Un grupo de soldados pasó por ahí esa noche. Como me encontraba consciente recuerdo casi todo lo que pasó.

La frontera energética era mágica para mí, pero no para los soldados, así que atravesaron el monte. No sé si buscaban a alguien por los ruidos de los gruñidos y aullidos o sólo cruzaban por ahí para llegar al poblado siguiente. Un capitán guiaba a seis soldados. Avanzaban con cautela entre la noche montados a caballo. La primera percepción que tuve es que con ellos podría saciar mi hambre: siete hombres y siete caballos serían suficientes. Despúes un instinto de caza y de guerrero me guió: tenía que morderles, pero debería usar una estrategia para no ser derrotado. Ellos iban armados. Parecía que mi mente animal y mi mente racional empezaban a trabajar juntas, pero la mente racional aparentaba estar al servicio de la mente animal.

Les vi brillar entre la noche. No brillaban de la misma forma que los brujos que conocí, pero también despedían energía. Los caballos aún más. Al ver las patas musculosas de los caballos sentí el impulso de atacarlos y comer su carne, que se veía más apetecible que la de los humanos. Pero los hombres representaban una presa más difícil de cazar. Un trofeo mayor.

Los seguí sin hacer ruido, escondido entre los matorrales; esperé a hasta ver al último de la fila. Salté entonces con fuerza y lo derribé del caballo. El salto fue tan fuerte que caí a más de ocho metros con él entre mis garras.

En seguida di otro salto y desaparecimos de la vista de los demás. El soldado gritaba aún cuando mordí su pecho. Sus costillas se rompieron muy fácilmente; algo reventó como un globo. Entonces devoré su corazón.

Aunque actué rápido, los otros seis ya le buscaban; algunos habían bajado del caballo con la espada desenvainada. Creo que tres de ellos traían un quinqué o algo que parecía una vela que no se apagaba, pero no pude distinguir con detalle qué era; la luz me deslumbraba un poco.

Al segundo soldado lo eliminé en una fracción de segundo cuando pasó cerca y me levanté súbitamente, mordiendo su garganta. Sólo dejó escapar un soplido en vez de lo que debió ser un grito. Detrás de él venía el tercero. Al caer la luz del soldado mordido en la garganta, el que iba detrás se quedo sin visión y movía su espada de lado a lado, como ubicándose y defendiéndose.

Apreté su muñeca derecha, que sostenía la espada, mientras le gruñí en la cara.

Aún recuerdo la expresión de sus ojos cuando me miró de frente. Lo golpeé con la rodilla en el abdomen y se dobló.

Como no soltaba la espada, di un fuerte codazo en su nuca. Cayó al suelo sin sentido.

El capitán no se bajó de su caballo. Él traía un arma de pólvora de largo alcance. También otros dos, que corrieron hacia el lugar donde escucharon los ruidos. Pero no pudieron ni preparar las armas de pólvora; ni siquiera desenvainar las espadas. Corrí a cuatro patas, chocando mi cuerpo con sus

piernas. Cayeron sobre la hierba. Salté y caí entre los dos, enterrando las garras de mis manos en sus cuellos y las de mis pies en sus estómagos. Me apoyé en sus cuerpos agonizantes para brincar de nuevo. Me acerqué al capitán y al hombre que lo protegía. Gruñí para que me vieran. Ambos se volvieron a mirarme terriblemente asustados. Sus rostros me mostraron terror. Brinqué por encima de los dos. El capitán trataba de preparar su arma de fuego y el hombre que lo protegía tenía la espada lista. Después de saltar sobre ellos di media vuelta inmediatamente; brinqué golpeando y rasgando con las garras de mis pies al soldado, al mismo tiempo que tiré hacia arriba de su cuello enterrando mis garras. Algo se rompió. No sé si fue el cuello, la nuca o la columna, pero algo tronó y el hombre cayó. El capitán alcanzó a ver a su compañero morir.

Quedé de frente al capitán. Estaba muy asustado, pero vi en sus ojos la furia para disponerse a pelear. Así que lo dejé preparar su arma de fuego. Hasta dejé que me apuntara; incluso tuvo que hacerse para atrás, pues yo estaba ya muy cerca. Entonces apreté la muñeca de la mano con la que iba a disparar y perdió el control del arma, que cayó al suelo. Llevó su mano a la cintura y desenvainó su espada. Me atacó varias veces con ella. Supe que el capitán era hábil con esta arma, pues me siguió sin miedo tratando de herirme. Estaba peleando con él, que se había atrevido a medir sus fuerzas con las mías. Él lanzaba su espada al aire. Yo no tenía arma, pero creía que mi poder era mayor y sentí la necesidad de medir mi poder contra su sable. Lancé entonces mi brazo derecho contra su cuello al mismo tiempo que él lanzaba su espada contra mi cabeza.

Mi brazo chocó con la espada; una fracción de segundo antes tuve la sensación de que mi poder era inmenso y destrozaría su empuñadura al chocar. Pero no fue así; el filo de la espada hirió gravemente mi antebrazo derecho.

Fue en ese momento que, por causa del intenso dolor, fijé mi atención en el antebrazo y volví a estar consciente y pensante sobre la situación. Me horrorizó lo que estaba pasando, pero no tenía tiempo de arrepentirme o disculparme, porque el capitán ya estaba por asestarme otro golpe con la espada. Me moví hacia un lado esquivando su espada y con la garra izquierda alcancé a empujarlo para sacarlo de balance.

Entonces le pegué varias veces con el puño izquierdo medio cerrado (no podía empuñar la mano debido a las garras y su extraña estructura); los golpes debieron ser muy fuertes, porque él soltó la espada y se dobló de dolor. En un intento por derribarme se lanzó contra mi cuerpo con fuerza, tratando de ahorcarme. Separé sus brazos y lo apreté del cuello con el brazo izquierdo. El capitán gritó de dolor hasta que perdió el aire. Aflojé el brazo para que pudiera respirar un poco. Recuperó el aliento y me golpeó el hocico. Trató por segunda vez de ahorcarme. Ya no lo apreté más. Simplemente mordí su pecho y saqué su corazón para devorarlo.

Alcancé a percibir algo que se movía, además de los olores de las hierbas, de los caballos y la sangre regada. Era un olor vivo. Miré hacia allá.

Era el tercer soldado que ataqué, al que le di con el codo en la nuca. Ahora corría para escapar del lugar; se tropezaba en ocasiones en el oscuro terreno irregular. Pensé alcanzarlo después, porque aún estaba saboreando el corazón del capitán. Pero de pronto recordé... ¡La barrera mágica! ¡Él sí podría cruzarla, pero yo no! Se acercaba ya a los límites marcados por los símbolos. Si el soldado los pasaba podría ir por refuerzos y regresar a cazarme, o bien simplemente contar a los demás lo que había visto y ponerme en peligro; y tal vez no sólo a mí; por lo extraño del caso iniciarían una cacería de brujas... y brujos, incluyendo a mis amigos. No podía permitir que escapara. Así que salté y corrí detrás de él.

Arriesgué todo, puesto que él ya se encontraba cerca del límite, aunque cuando yo me acercaba a esa zona mis fuerzas simplemente se iban. Noté que estaba apunto de cruzar el grupo de arbustos donde estaba uno de los símbolos. Aceleré mi carrera lo más que pude y sentí un golpe, como un escalofrío que estremeció mi cuerpo al acercarme. Entonces, con la reacción a esa sensación, brinqué utilizando toda la fuerza que me quedaba.

Me desplacé en el aire y las fuerzas me abandonaron, difícilmente podía moverme. Vi como me desplazaba rápidamente a través del aire, acercándome al soldado que corría; traté de abrazarlo al momento de chocar contra él. No pude juntar mis brazos. Sólo enredé el derecho, aún sangrante, alrededor de su cuello. Fue suficiente para que ambos cayéramos al suelo. Puse mi cuerpo sobre el suyo, para impedir que se levantara. Él forcejeaba y gritaba mientras me golpeaba fuerte en el cuerpo. Yo me esforzaba por contraer los músculos de mis pantorrillas, que era lo único que podía mover. Así, se movían también mis pies, y pude arrastrarle unos centímetros hacia dentro de la zona delimitada.

Él alcanzó a girar su cuerpo y colocarse arriba de mí, para escapar. Al alejarme un poco del límite recuperé algo de fuerza y cerré mis brazos para que no se fuera. Luchábamos; me concentré en mis piernas. Pude dar un salto hacia atrás, sin soltar a mi enemigo. En el salto pase mis piernas por encima de mi cabeza, la cual se raspó en el piso. Caí entonces con la trompa y la barriga hacia el suelo. Mis fuerzas se iban por la influencia de la muralla mágica y la sangre perdida del brazo derecho. Ya no pude sostener a mi enemigo y tuve que soltarlo. El declive del terreno me hizo rodar un poco más hacia el límite de la barrera imaginaria. Entonces no pude moverme. Quedé con todos los músculos fláccidos e inmóviles. Me angustió lo que podría pasar después. Miré a mi enemigo. No se movía. Al caer de cabeza en el salto hacia atrás su cuello se había roto. El saber que había ganado la batalla me excitó mucho y me llenó de ánimo y entusiasmo.

Entonces tuve la fuerza suficiente para arrastrarme poco a poco hacia dentro del área delimitada y salir del influjo de la barrera mágica.

Tardé unos minutos en recuperarme. Devoré entonces los corazones que me habían faltado.

Después de eso aullé fuerte, tal vez más fuerte que cuando estuve en el volcán.

Los caballos se habían dispersado, pero extrañamente no habían abandonado el área limitada por los símbolos. Ya siendo humano corrí a donde había dejado mi ropa para el amanecer. Después de vestirme subí a uno de los caballos y rápidamente recogí los símbolos que delimitaban el área. No quería mirar los cadáveres, pero tuve que hacerlo para localizar todos los símbolos. Apenas aclaraba cuando escapé del lugar galopando en el caballo. No sabía que hacer, así que fui a buscar a Zeotl para contarle lo sucedido.

Pensé que Zeotl iba a regañarme y tal vez a retirarme su instrucción o hasta su amistad. Y fue extraño. Se enojó, pero no me regañó. Más bien me preocupó.

Lo primero que hizo fue quitarle al caballo la silla y todo lo que traía. Le miró las herraduras y dijo que estaba bien. Luego le habló al caballo en voz baja, como dándole instrucciones; al terminar sus palabras extrañas le gritó. El animal salió corriendo y lo perdí de vista.

—Primero hay que deshacerse de todo lo que te relacione —me miró—. ¿Qué hiciste con tu ropa?

—La traigo puesta, me la había quitado y guardado.

Me observó detenidamente.

—Entonces tu acto fue deliberado —dedujo Zeotl—. ¿Dejaste algo en el lugar? ¿Alguien te vio o sabía que estabas ahí?

—No...

—Ahora cuéntame todo —se sentó, acercándome también una silla. Tomó una pipa en la que puso algo que yo pensé que era tabaco, pero olía diferente.

Me escuchó atentamente mientras le conté todo. Entretanto, me ponía unas hierbas en mi brazo mientras lo envolvía con unas hojas como de maíz, pero más grandes, que él había hervido. Después supe que eran hojas de plátano.

Aunque estaba herido, había mejorado muchísimo desde que me cortaron con la espada unas horas antes.

—Hay resultados malos en lo que sucedió —me indicó con frialdad, como si lo que le conté hubiera sido un día de campo—. Pero también hay resultados buenos.

—¿Qué pudo ser bueno en lo que sucedió? —le grité enojado y confundido.

—Lo bueno es que probaste solo y estuviste consciente todo el tiempo. Lo mejor de todo es que adquiriste poder. El poder de siete hombres. Ya agregaste a tu poder personal un espíritu aliado cuando venciste al oso. Esta vez también fue un poder enorme: se trataba de soldados, guerreros, seres entrenados dispuestos a la batalla. No te comiste a cualquier cristiano; se trataba de seres guerreros, seres poderosos. Y eliminaste siete la misma noche. El lobo comió sus corazones y adquirió su

poder. Empiezas ya a reunir gran poder personal. Eso fue lo bueno. También es bueno que no dejaste rastro. Y lo malo...

—Lo malo es obvio —respondí todavía muy alterado.

—Sí. Y lo peor es que me desobedeciste, no debiste haberlo intentado solo. Pero ya ni hablar de eso. Hay algo todavía más malo.

Lo miré incrédulo y afectado por sus palabras. No entendía qué podría ser peor de lo que había pasado. Le pedí que me explicara a qué se refería.

—Que probaste adquirir poder por medio de la sangre humana. Y obtener fortaleza se vuelve una costumbre, casi un vicio, una atracción natural. Por lo tanto, te gustó y tu naturaleza tratará de repetirlo. Hay otras formas de reunir poder. Pero tú ya probaste así y en adelante así será tu tendencia. Al menos hasta que lo cambies. Ibas bien con el espíritu de oso que venciste. Ahora probaste la carne. Veremos cómo se comporta tu naturaleza canina.

Fue el día en que peor me había sentido hasta entonces. Toda la vida había huido de ese peligro y, en mi intención por librarme de la maldición, ésta me había atrapado a mí convirtiéndome en lo que más temía: en una criatura que había acabado con la vida humana.

—Tu abuelo te envía sus bendiciones. Él también llora contigo —dijo de pronto Zeotl.

—¿Qué? —grité. No entendía cómo podía decir algo de mi abuelo en ese momento.

—Dice que por su culpa estás aquí —continuó Zeotl—. Que él fue la verdadera razón por la que tu padre sacó a tu familia del lugar donde vivían. Lamenta no haber podido guiarte y heredarte una mejor suerte.

—Zeotl, ¿usted puede hablar con mi abuelo?

—No, pero él te habla a ti —continuó—. Él también lastimó a la humanidad, cobró víctimas. Muchas más que tú.

—¿Está aquí el abuelo, Zeotl?

—No. Está atrapado. Su energía está atrapada y no puede ser absorbida por el universo, porque perdió su mente. Lo que queda de él poco a poco se pone en línea con el universo para ser absorbido. Ya no falta mucho, pero para él es un proceso doloroso.

—¿Es como un fantasma?

—¿Qué es un fantasma?

Zeotl me desesperaba cuando se hacía el tonto. Pregunté si papá también habría sufrido un proceso doloroso como el abuelo.

—No, tu papá fue absorbido de inmediato y sin dolor; él te dio herramientas y te protegió. Él nunca cobró víctimas. Pero nunca desarrolló su conciencia. El universo lo absorbió amablemente.

Guardamos silencio un momento y Zeotl concluyó:

—¿Sabes por qué insisto en que aprendas todo esto de la brujería y que sepas usar tu poder? Porque es la manera en que puedes conocerte y dominarte a ti mismo. Porque los demonios que no vencemos en nuestras vidas se los heredamos a nuestros hijos y ellos a nuestros nietos.

VIII

PRÁCTICAS EN LA MATLACUÉYETL

Seguí practicando en casa de Zeotl mis días de transformación, aprendiendo cosas de él. Unos meses después Zeotl me hizo saber que habría otra reunión con el grupo completo. Por lo que había visto de estos maravillosos y mágicos seres pude concluir que los españoles podían haber conquistado a los indígenas para gobernarlos, pero el mundo mágico proveniente de los antiguos mexicanos no había sido tocado y jamás podría ser dominado. Es un mundo al que sólo ellos pueden tener acceso.

Esta vez las prácticas serían donde los conocí, cerca de la laguna de Maisha. Sólo que antes de esa reunión tendríamos que pasar unos días con seis de los aprendices en otra montaña, por el rumbo de los volcanes. Le comenté a Zeotl que antes tendría que pasar a la ciudad de México, la capital, para revisar mis pertenencias, cambiar mis ropas y sacar más dinero. También tenía asuntos que tratar con don Chuy. A Zeotl le pareció muy bien, puesto que él mismo tenía pendientes en la capital y me pidió que fuéramos juntos. Así que desde su casa partimos a la capital. Su compañía fue muy agradable y me enseñó muchas cosas; esta ocasión cosas que nada tenían que ver con su brujería.

Zeotl me acompañó con don Chuy y los presenté. Don Chuy le preguntó a Zeotl a qué se dedicaba. Éste le respondió que ya no trabajaba activamente, que era un hombre mayor y se dedicaba a cuidar sus plantas. Zeotl me sorprendió con su forma de comportarse frente a las personas. Si bien decía la verdad, porque sí era un hombre mayor y también tenía plantas que cuidaba, por su constitución física habría podido realizar cualquier trabajo físico y sus conocimientos le habrían permitido desempeñarse en otra actividad intelectual.

Supe que él hablaba inglés —lengua que yo aún no entendía— además del español y las lenguas indígenas. Sin embargo se mostró siempre modesto y digno.

Zeotl me comentó después de la entrevista que don Chuy era un hombre de poder también, y que era una buena persona en quien se podía confiar. Demasiado entregado al dinero, pero de buen corazón, según palabras de Zeotl.

Esa noche nos quedamos en una habitación alquilada donde colocamos símbolos alrededor y el lobo no pudo salir de sus límites. Como el área delimitada era muy pequeña pasé toda la noche sin fuerza en los músculos y casi dormido. Partimos hacia nuestras reuniones con el grupo.

Primero tendríamos que pasar unos días en un cerro cercano a los volcanes. Zeotl comentó que era una suerte que yo fuera lobo. Dijo que también los indios americanos de más al norte tenían una especial predilección por el espíritu del lobo. Hablamos un poco de lobos. Yo le conté lo que sabía de la historia de mi familia. Él me comentó que nunca había conocido un nagual lobo, pero que siempre había tenido interés en esas criaturas. Me dijo que había viajado a Europa en cierta época de su vida. Estuvo en España e Italia, y recorrió en barco parte del Mediterráneo. Me contó también que él sabía de una isla habitada por seres con cabeza de lobo y cuerpo de humanos. Dijo que todos los habitantes de la isla eran así.

Cuando ya nos acercábamos, Zeotl me señaló el lugar.

—Ahí es donde vamos —indicó—. Al cerro de Matlacuéyetl, "la de la falda verde". Aunque después de la conquista la han llamado Malinche o Malintzin. Y la otra cresta del cerrito que está de aquel lado se llama Cuatlapanga.

—Oiga, Zeotl, ¿y no hay una historia de amor entre Matlacuéyetl y Cuatlapanga?—pregunté. Zeotl sonrió brevemente.

—No, no es así. Aunque hay gente muy creativa como tú que se imagina cosas o la puede relacionar con la historia de los volcanes, la historia original es la del idilio de Popocatépetl e Iztaccíhuatl. Pero sí hay una historia real de Malinche. Fue una mujer que sirvió de intérprete entre los españoles y los mexicas en la época de la conquista, pero esa es otra historia.

Me explicó que en el cerro de Matlacuéyetl estaríamos muy alto con respecto al nivel del mar, lo cual pondría a prueba nuestras aptitudes. También me dijo que encontraríamos sitios secretos, como un lugar de adoración al Dios Tláloc, que era el dios de la lluvia. Matlacuéyetl también fue volcán alguna vez, pero él y su grupo lo llamaban cerro o montaña. Era también de los más altos de la Nueva España.

Después investigué y resultó ser la quinta cima en altura. Nos detuvimos en las faldas de Matlacuéyetl a recolectar frutos antes de ir hacia arriba. Subimos entonces al cerro. Llegamos al lugar que Zeotl quería. Mientras esperábamos a los demás, marcamos la tierra y delimitamos espacios. Prendimos también una hoguera. No tardaron mucho en aparecer los seis aprendices. Durante las prácticas en la Matlacuéyetl desarrollamos nuestra resistencia física. La mayoría de los ejercicios fueron esencialmente físicos. Concretamente fueron ejercicios para correr, aumentar la frecuencia cardiaca y poner a prueba la capacidad pulmonar y sistema respiratorio. El sentir y mejorar la respiración durante esos ejercicios era la clave.

También se realizaron prácticas mágicas y ejercicios con energía. En gran parte de esos ejercicios no pude participar porque yo no tenía la preparación suficiente. A mí me indicó Zeotl que así como el acondicionamiento en el cerro ayudaría mi cuerpo humano, la preparación que pudiera realizar como lobo mejoraría mi condición humana.

Yo aún me sentía deprimido por el episodio con los soldados; no quería pensar en mi condición de lobo. Estos días era humano y estaba disfrutando el aire, el campo y todo lo que me rodeaba en el cerro.

Por la noche Zeotl y el grupo realizaban una práctica mágica de las que no me eran permitidas; por eso sólo los miraba a unos metros de distancia. El frío aumentó conforme la noche avanzó, y se tornó insoportable para mí. Aunado a esto empecé a sentirme solo, como desde hacía mucho tiempo no me sentía. Muy solo; muy triste, sin esperanza y con mucho frío. Tomé entonces en mi mano la bolsa de manta en que había puesto un poco de la mezcla de fumar que Maisha me envió y la observé con intención de probarla esta vez. Miré a Zeotl a la distancia. Él notó que yo tenía la bolsa en mi mano, de la cual él conocía el contenido. Hizo una seña con su cabeza, como dando su aprobación.

Llené la pipa que había estado cargando conmigo esperando esta ocasión, para estrenarla. Tomé una rama de la fogata y encendí la mezcla. Me senté y fumé. Efectivamentese me quitó el frío. Me sentí más tranquilo.

De pronto, las llamas de la fogata se distorsionaron, como si una silueta humana, oscura pero transparente, surgiera de ellas. Me levanté asustado y di dos pasos hacia atrás. De pronto recordé las palabras de Garec: "...tu muerte está siempre dos pasos atrás de ti..."; entonces iba a mirar

hacia atrás, pero un miedo incontrolable se apoderó de mí. Tanto que no pude voltear por temor a lo que hubiera podido ver o encontrar ahí. Volví a acercarme a la hoguera y me senté.

Intenté tranquilizarme y pensé entonces en cosas más apacibles: lo hermoso que había sido subir por la montaña esa tarde, la majestuosa vista del crepúsculo en la montaña, la magia de la noche que inundaba el lugar. Con las estrellas encendidas, como una vela en la recámara del niño pequeño que calma sus miedos antes de dormir, pude relajarme y sentirme bien, completo y sereno.

Fue en ese momento cuando empezó a suceder. Comencé a sentir la transformación. Me dolió, pero no como siempre.

Esta vez era un dolor uniforme y soportable. Sentí cómo se alargaba mi hocico y se deformaban mis extremidades, pero esta ocasión no probé el sabor a sangre porque no sangró mi maxilar.

Zeotl me miró brevemente mientras continuaban la práctica y no pareció prestarme mucha importancia. Continuó con lo que estaba haciendo.

Cuando me sentí lobo por completo corrí por el cerro, sin saber qué buscaba. Me sentía más ligero que de costumbre.

Encontré un gato montés y me acerqué. Parecía no verme, hasta que estuve más cerca; entonces corrió. Lo perseguí y en unos segundos lo alcancé; parecía que había mejorado por mucho mi velocidad. Me lancé sobre el animal con los brazos (o las patas) y mis garras extendidas y, en el momento que debería haberlo atrapado, no sucedió lo esperado. Mis garras no se enterraron en su cuerpo y no pude sostenerlo. Simplemente lo atravesé y mi cuerpo pasó a través del suyo. El animal se detuvo asustado, pero si golpes, rasguños ni sangre. Entonces echó a correr en sentido contrario. Mi sorpresa fue tan grande que no lo volví a seguir. Corrí hacia donde estaban Zeotl y los demás y me sorprendió lo que alcancé a ver.

Junto a la hoguera estaba yo, sentado, en mi forma humana, aún con la pipa en la mano. No sabía qué significaba eso, si era una visión o la realidad y si el yo lobo que corría entonces no era real, o lo que me asustó más: pensé que podría estar ya muerto y por eso mi alma veía mi cuerpo. Eso me espantó tanto que de inmediato todo cambió y no supe qué sucedió. Simplemente desperté en mi cuerpo humano. Busqué con la vista al yo lobo, pero no había ni rastros, ni pisadas, ni nada. Tomé un poco del café que habían preparado. Aún no salía del susto, pero al menos sabía que estaba vivo.

Tal vez todo había sido un sueño, porque no había evidencia física de la presencia del lobo. Tenía mi ropa puesta, no había huellas, ni restos de la transformación física como los que ya he mencionado. Esperé a que los demás terminaran sus prácticas para contarle a Zeotl lo sucedido, pero tardaron tanto que me dormí.

Al día siguiente Zeotl me dio una explicación de lo sucedido. Me dijo que la transformación sí había ocurrido pero en un plano energético, en un cuerpo formado por energía, alterno al que usamos siempre. Usando la transformación en ese cuerpo uno es capaz de realizar cosas que el cuerpo físico no puede, como volar, como dar grandes saltos, tener fuerza increíble. Le pregunté por qué entonces no había podido ni siquiera atrapar al gato montés entre mis manos.

Explicó que eran mis primeras experiencias con mi cuerpo de energía y que me sería muy difícil controlarlo.

Entendí también que para esta transformación no hacía falta la luna llena, pues había sucedido en fecha que no me tocaba transmutar. Zeotl dijo que ocurrió como efecto de la mezcla de hongos que había fumado, pero ayudado por la magia de la Matlacuéyetl.

—Este lugar es mágico, como te dije —recalcó—. Cada lugar tiene una magia especial, pero éste es uno de los más poderosos y a la vez misteriosos. Es de mis favoritos.

—¿Esta experiencia puede repetirse, Zeotl?

—Seguro que podrás repetirla siempre que vengas a este lugar y fumes tus hongos. Pero fuera de aquí no te lo puedo asegurar. Sólo si algún día llegaras a estar bien entrenado podrías repetirlo en cualquier lugar, sin fumar.

— El regreso a tu cuerpo físico es lo más difícil. Si alguna vez llegas a intentarlo por cuenta propia, fuera de un lugar mágico, te recomiendo que mantengas unidas las plantas o los dedos pulgares de tus pies, con el fin de evitar que algún ser del inframundo pueda causar daño a tu cuerpo físico, apoderándose de él mientras tu conciencia no está dentro.

Me costó trabajo atreverme a preguntar pero lo hice:

—¿Es así como usted se transforma en agua de lluvia?

Zeotl sonrió y me dijo:

—Lo que hace un nagual es mucho más complicado. Pero puedo decirte que empiezas a entender las bases.

IX

REENCUENTRO CON MAISHA

Después de estas prácticas salimos rumbo a Veracruz, al lugar cercano a la laguna de Maisha. Pensar en ella y en encontrarla nuevamente me llenó de ánimo: para seguir el viaje, mi destino y la lucha por domar el poder que radicaba en mis extrañas transformaciones.

El viaje fue largo y de varios días. Aunque íbamos a caballo, la última parte para llegar a la región de la laguna fue a pie; no sé por qué razón Zeotl indicó dejar los caballos en la casa de un conocido suyo, a varios kilómetros de distancia.

Yo era el más cansado, y el último de la fila. Mi paso era más lento aún que el de las mujeres. Para entonces ya se habían unido los otros seis aprendices y yo me encontraba como el número 13 en la fila, lo que me pareció algo incómodo; siempre me pareció de mala suerte. El crepúsculo llegó y alcancé a ver la laguna que ya me era conocida. Pude orientarme e identificar la dirección del sitio que visitaría el grupo y la dirección hacia la casa de Maisha. Entonces la fuerza regresó a mí y empecé a correr. Rebasé a las mujeres del grupo que caminaban delante de mí, luego a los hombres, hasta que alcancé a Zeotl y Garec algunos cientos de metros más adelante. Hice una seña hacia la laguna y Zeotl sonrió, despidiéndome con la mano. Él sabía a dónde me dirigía primero.

Seguí corriendo sin parar hasta la casa de Maisha. Llegué sin aliento y cansado; toqué en su puerta, y no contestaron; traté de abrir, pero estaba como atrancada. Me asomé por las ventanas y la casa parecía vacía. Me recargué entonces en un árbol cercano y segundos después Maisha me abrazó por la espalda.

Giré para mirarla y encontré su sonrisa tan radiante como siempre. La besé y me dio la bienvenida, llevándome a su comedor para darme algo de cenar mientras platicábamos.

Nunca había visto a alguien tan sinceramente feliz por mi presencia. Yo también estaba muy contento de verla otra vez. Quería quedarme con ella. Esa noche tuve la certeza de que quería quedarme con ella para siempre. Ella me dijo que ahora sería yo el que tendría que ahorrar energía para las prácticas con Zeotl. Esa misma velada me uní al grupo en el lugar donde los vi a todos juntos la primera vez. Maisha me acompañó hasta la entrada.

Ella se retiraba cuando Zeotl me hizo señas con las manos para indicarme que Maisha también se podía quedar. A ella le dio mucho gusto y nos sentamos en el lugar que Zeotl nos designó. La reunión fue muy amena. Los discípulos de Zeotl contaron sus experiencias al aplicar las artes mágicas; yo sólo pude contar sobre mis transformaciones. Zeotl me motivó a contar sobre el incidente de los soldados. Fuera del grupo no lo conté jamás a nadie, pero era seguro que entre estas personas se guardaban secretos con un hermetismo total.

Antes de la reunión se lo había comentado a Maisha, en su casa, por lo que no le sorprendió el relato. A los demás pareció hasta gustarles. Me preguntaron que cuánto había aumentado mi poder con ese acto, qué beneficios me había dado. Yo insistí que había sido un accidente. Zeotl dijo que yo aún no entendía las dimensiones del poder.

Maisha también contó sus experiencias. Esta vez pude entender cuál era la diferencia entre Maisha y los brujos de Zeotl. La magia de Maisha era poderosa, pero algo así como "casera", y la de los brujos, más completa, global y profesional, por decirlo de alguna forma. Por ejemplo, Maisha sanaba enfermedades, ayudaba a las solteronas a buscar marido, contribuía con hechizos a lograr armonía en las familias, atraer el dinero, el trabajo y esas cosas. El grupo de Zeotl se dedicaba a descubrir poderes ocultos, conquistar territorios, experimentar sensaciones increíbles, viajar, conocer, transformar el mundo en que vivían mediante su magia. Encontraban tesoros ocultos, apoyaban a dirigentes de grupos sociales a incrementar su poder, cosas así. Zeotl era más místico, no buscaba la gloria en el mundo físico, pero sí se complacía al reunir poder. Poder para sí mismo o para emplearlo.

Comimos y bebimos también. Se realizaron algunas prácticas preliminares con energía, de las cuales yo sólo pasé las primeras; y eso porque Maisha estaba a mi lado ayudándome un poco. Ella sí pudo continuar muchas de las prácticas al nivel del resto del grupo. Estuvo muy contenta probando y midiendo sus niveles de poder con los demás brujos. No se trataba de competencia, pero por lo que yo pude apreciar Maisha era muy buena y sólo Tlaixhi, Garec y una mujer del grupo se notaban superiores a ella (además de Zeotl, por supuesto). Después de todo eso bebimos un poco alrededor de la hoguera. Esa vez tomamos pulque, al cual Zeotl llamó el jugo del "árbol de las maravillas", el maguey. Nos contó que antiguamente era sólo bebida de nobles y sacerdotes; por lo que le llamaban "néctar de los dioses"; pero desde la llegada de los españoles se hizo más común.

—Esa es una de las cosas buenas que provocaron los españoles —enfatizó Zeotl.

También nos explicó brevemente cómo del maguey se obtenían diversos productos y medicamentos.

Me gustó mucho el pulque; tiempo después regalé a Zeotl algunas botellas del mejor vino francés que pude conseguir, a manera de agradecimiento por darme a conocer el pulque. A él también le gustó el vino francés.

Poco más tarde cantaron canciones. Hasta yo, que de tanto vivir por acá ya me aprendí algunas.

Pasamos días en el campamento y Maisha se quedó con nosotros. Sólo regresamos a casa de Maisha para traer un paquete de hongos que tendría que entregar a Zeotl como la provisión del grupo para este año.

El último día Zeotl anunció que era hora de partir para él. Yo no entendí a qué se refería hasta que Maisha me explicó que Zeotl iba a morir. Ella me lo explicó en otros términos, pero para algo que yo pudiera entender quería decir que Zeotl iba a morir; abandonaría este mundo. Nombró a Tlaixhi como su representante para la nueva generación, el nuevo naoalli o nagual.

Esa reunión marcó el fin de un ciclo. Zeotl me expresó su amistad y afirmó que seguiría enseñándome durante el tiempo que aún le quedaba.

Terminando esa reunión el grupo se despidió pues se separaría por mucho tiempo. Zeotl aparecería algunas ocasiones más en mi vida y yo tendría que practicar siguiendo sus enseñanzas.

Tal vez algún día lograría por mí mismo estar consciente, tomar control y encausar el poder, según sus palabras.

Maisha y yo nos quedamos solos y paseamos juntos aquella noche rodeando la laguna; caminamos hacia los lugares cercanos, platicamos y ella me entregó su amor por completo.

Desde entonces uní mi destino al suyo.

Pasamos noches y días amándonos entre la hierba, sobre los árboles, en casa de Maisha, en el tejado de la casa y hasta en los sueños. Maisha perdió algunas sesiones con la gente que le consultaba por andar fuera, pero luego nos quedamos más tiempo en casa y pude presenciar algunos de los rituales que ella hacía, como el de los caracoles, y el de los cocos.

El trabajo era bueno para Maisha en la región. Mucha gente acudía a pedirle un poco de su magia. Y ella nunca los defraudaba. Siempre tenía forma de ayudar. Algunas ocasiones, en lo que yo hubiera llamado un caso perdido, ella tenía una mágica solución. A veces sólo con palabras de aliento reconfortaba a quienes le pedían ayuda, dándoles valor y una esperanza. Ella me explicó que la esperanza y el deseo poseen su magia propia.

También me contó leyendas mágicas interesantes, pero para mí ella era la leyenda más mágica e interesante que hubiera podido conocer en mi vida... lo mío... pues no sé si ya era leyenda, pero hasta lo había olvidado.

Desde entonces, las noches de transformación las pasaba cerca de Maisha, pero encerrado siempre en el círculo mágico; con el miedo de que ella pudiera dormirse o distraerse

y yo perder el control.

Poco tiempo después Maisha me regaló un amuleto que ella misma había tallado, hecho con mis propios huesos; es decir, con los restos petrificados de mis garras después de la transformación. También había bañado en mi sangre el amuleto. Éste era como una esfera dividida por la mitad que me colgaba al cuello. Las dos mitades se giraban para mostrar, en la posición de cerrado, una figura humana encerrada dentro de una estrella de cinco puntas. Y, en la posición de abierto, el cuerpo y la cabeza de un lobo en la parte superior, que coincidía con el cuerpo del humano en la parte inferior. El lobo daba la impresión de haber roto la estrella.

Maisha me dio indicaciones sobre el uso del amuleto. Debería traerlo siempre colgado a mi cuello y en la posición de cerrado, mostrando el humano. Los días de transformación, al sentir los primeros síntomas, debería moverlo a abierto, mostrando el lobo, pero mantenerlo en mi cuerpo. Ahora ya no sólo me enfocaba en el antebrazo para estar consciente, podía hacerlo en cualquier objeto, pero sin perder atención. Maisha me instruyó en concentrarme en el amuleto, tratando de sentir la energía de la transformación y enviarla dentro de éste. Me advirtió que el amuleto no remediaría la transformación, pero que tal vez poco a poco podría encerrar su poder y posiblemente –remota pero posiblemente– podría encerrar ahí mi temperamento cánido.

Sabíamos que no era un hechizo inmediato, pero que era una esperanza.

En algún momento Maisha y yo pasamos una temporada en el puerto de Veracruz. Yo conocía a algunas personas, quienes nos ayudaron a ubicarnos los días que estuvimos.

Maisha era muy feliz en la playa. El agua parecía ser su segundo elemento. El primero, según lo había demostrado en las pruebas mágicas, era el fuego. En aquella última reunión con el grupo de Zeotl fue ella quien logró elevar con su magia las llamas al nivel más alto e intenso. Tlaixhi y Garec la alcanzaron, pero no superaron su intento. Zeotl fueel que se paró en medio de los tres y pareció absorber las llamas, apagando las tres hogueras en un segundo. Maisha no hizo magia con el agua de la playa, pero estuvo feliz, y nadaba como un pez.

X

ENEMIGOS AGRESORES

Durante nuestras vacaciones en el puerto de Veracruz salimos a caminar una mañana y un carruaje tirado por caballos se detuvo junto a nosotros. Una voz conocida me saludó: bajó un hombre, bien vestido, del carruaje. Era don Chuy. Me abrazó afectuosamente y saludó a Maisha. Junto a él descendió también Felguérez, un militar de alto rango y bigote largo y denso. Don Chuy nos presentó y desde el primer momento Felguérez no me cayó bien, a pesar de que me saludó y me habló con tono amable en perfecto francés. Yo volví al español tan pronto como pude, porque sentí que no estaba bien con Maisha hablar algo que ella no entendiera. Además Felguérez era español; seguro me habló en francés porque don Chuy le había contado de mí. El militar saludó a Maisha y no me gustó la forma en que la miró. Don Chuy, tan buena gente como siempre, me platicó de sus nuevos y exitosos negocios que estaba llevando a cabo con el gobierno y el ejército. Nos invitó a cenar. Estuve a punto de decir que no, pero la idea de llevar a Maisha a un lugar elegante me venció. Desde que llegué a América nunca me había preocupado por el vestuario, pero esta vez don Chuy nos había invitado a una casa elegante y valía la pena gastar algo de dinero en ropa para Maisha y para mí. Me fue fácil porque conocía a otro emigrante que se dedicaba a la industria del

vestido. Compré para mí algo de ropa para esa ocasión y Maisha encontró un vestido como mandado a hacer. Lucía hermosa en aquel vestido con colores negro y vino con bordados dorados. Mi amigo ofreció a su personal para peinar y arreglar a Maisha. Así que ella lució como una princesa aquella noche.

Nos recibieron de maravilla. Me agradó ser invitado personal de don Chuy, pues él era muy respetado, y a nosotros nos dieron el mismo trato. Don Chuy me hizo notar que servían vino francés. Me dio gusto y un poco de nostalgia por la tierra en la que nací. Después probamos unos vinos españoles y eran excelentes también; don Chuy estaba orgulloso de esos vinos porque había invertido en su producción e importación. Platicábamos también de la posibilidad de cultivar la vid y producir vino de la misma calidad en la Nueva España. Yo no estaba seguro que hubieran tierra y cultivo tan buenos como los de Francia, pero don Chuy insistía en los territorios del norte. Dijo que un día me llevaría allá. Esos territorios yo no los conocía, así que le deseé mucho éxito a don Chuy.

Mientras yo platicaba pude ver la manera en que Felguérez miraba a Maisha. Felguérez recorría a mi mujer de arriba abajo y después fijaba la vista en su breve y hermosa cintura. Después veía sus caderas y daba un trago a su copa.

Me acerqué a Maisha, quien ya conversaba con damas de sociedad, pero otro conocido me saludó y platicamos. Era alguien que había conocido en el barco desde Europa, así que no pude negarme y me detuve a platicar con él.

De pronto me di cuenta que mis sentidos estaban agudizados, casi como cuando me transformaba. Maisha me miró de lejos y me hizo señas sobre mi amuleto. Lo revisé y estaba cerrado. No era día de transformación. Alcancé a escuchar cómo una de las damas que platicaba con Maisha

se quejaba de malestares, dolores de cabeza y taquicardias. Maisha le mencionó una hierba, específicamente la planta "barba de chivo", que ella usaba como un buen remedio. De pronto me asustó la idea de que esa gente se escandalizara de Maisha, la bruja; pues en esos círculos la brujería, los encantamientos y demás eran muy mal vistos y se penaban hasta con la muerte. Pero Maisha era una mujer tan inteligente como mágica. En vez de recomendar la hierba en infusiones y quemando las hojas, para llenar el cuerpo de humo y sacudirlo con las hojas de la planta, como lo hacía con la gente que le pedía ayuda mágica, Maisha explicó que la planta tenía propiedades curativas y podría tomar un té por la tarde para sentirse mejor; terminó su magistral explicación apoyándose en el hecho de que yo, su esposo, el médico francés, la recomendaba a mis pacientes. Después Maisha me contó que la infusión de esa planta es la forma más efectiva para prevenir el dolor de cabeza y es mejor si se toma al sentir los primeros indicios del malestar; su efecto es mejor cada vez. Para hacer la infusión se usa la planta completa; se deja secar, se corta y se almacena. Maisha me sonrió: sabía que yo había escuchado desde lejos. Pero la conversación de Maisha no fue la única que pude distinguir. También escuché a Felguérez. Comentaba con otros militares los sangrientos hechos que afectaron a los siete soldados en la región central. No me preocupó tanto. Estaban tan desconcertados que tardarían mucho en imaginarse lo que realmente pasó. Lo que me molestó fue cuando hizo comentarios vulgares sobre la belleza de Maisha con sus amigos. Pensaron que nadie los oía en aquella esquina del salón; pero, para bien o para mal, yo podía escucharlos desde lejos.

Los militares bromeaban sobre la cadera de Maisha y Felguérez insistió que deberían verle las piernas que él había visto la primera vez que nos encontramos. Su conversación me molestó; aún más cuando Felguérez dijo que intentaría abrazar a la intensa mujer, refiriéndose a Maisha.

Felguérez tuvo el descaro de intentar llevar a Maisha a platicar con él y pedirle que lo acompañara a bailar. Pero Maisha no mostró interés y se dirigió hacia mí. Entonces bailamos y caminamos por el gran salón.

—Hice buenos comentarios de ti, doctor —me dijo Maisha sonriente.

—Sí, aunque no sólo de mí se han hecho comentarios aquí —le advertí.

—También escuchaste a los vulgares soldados entonces —me dijo ella—. No te preocupes, nada pueden hacernos —y volvió a sonreír, tan esplendorosa como siempre.

Algunas damas se acercaron a mí, gracias a la publicidad que Maisha me había hecho; me preguntaban sobre temas de la salud. Al fin podía hablar de algo que sí conocía bien, y me sentí a gusto; el tema de la tierra y su capacidad para producir buen vino no era mi especialidad, pero escuchar las preguntas de las damas, poder darles indicaciones correctas sobre el buen cuidado de la salud y la solución a algunos de sus males, formaba parte del gran almacén de mi intelecto. Poco a poco nos separamos Maisha y yo, pues don Chuy la llevó a presentar con sus primas.

Podía oler hasta los quesos que estaban en la cocina. Incluso podía identificar varios de ellos por el olor, quesos europeos seguramente; distinguí uno que podría jurar era holandés, y otro suizo… en eso estaba cuando sentí una especie de punzada; lo tomé como una advertencia e instintivamente ubiqué a Felguérez —que, por cierto, podía distinguirlo fácilmente por un olor a humedad en su uniforme militar, otro olor como de mugre de su cabello y el olor a alcohol del aguardiente corriente que llevaba en la garrafa al cinturón, pero que se había derramado un poco en su funda de cuero—. Este militar me parecía muy distinto a todos los españoles que había conocido hasta ahora; todos limpios y educados. Bueno, don Chuy se descuidaba un poco cuando atendía su tienda personalmente y terminaba el día sudando, pero siempre se cuidaba de lucir bien en las reuniones. Felguérez no cuidaba su aspecto, ni sus olores, ni su bocota.

Un soldado se acercó a él y le dijo:

—Sí, con los de la laguna. No estoy seguro, pero la prima de Tobías se cura allá.

Sabía que lo que decían me interesaría. Así que puse mi atención y mi oído en las palabras de Felguérez, quien se acercó a otra persona de los que parecían los más importantes.

—La mujer de allá —señaló a Maisha discretamente—. Se presume que es bruja. De los que practican la hechicería con plantas en la laguna.

—¿Ya informaste de esto al clérigo? —preguntó el señor importante.

—A usted primero que nadie le informo, aunque son sospechas no confirmadas.

—Avísale a don Chuy. Síganla de cerca —ordenó el otro hombre.

Felguérez buscó a don Chuy y yo busqué a Maisha con la vista. Ella y yo nos miramos y me hizo señas con la mano indicándome que también había oído la conversación a lo lejos. También con señas le dije que nos íbamos.

Maisha y yo localizamos a don Chuy antes que Felguérez. Nos despedimos y agradecimos todo, pues en verdad habíamos disfrutado mucho la noche. Salimos lo más rápido que pudimos y regresamos al lugar que habíamos alquilado temporalmente. Nadie nos buscó ahí.

Al día siguiente caminamos otra vez cerca del mar; ya pensábamos regresar a nuestra casa cerca de la laguna. Antes de retirarnos dejé a Maisha sola, pues me interesaba hablar con don Chuy y despedirme de él antes de irnos.

Don Chuy me recibió amable como siempre y me hizo pasar a su privado. Me dijo que había llegado en buen momento, porque se encontraba solo y me invitó algo de comer y beber. No tardó mucho en entrar en el tema. Me comentó que le habían dicho que Maisha, mi mujer, era hechicera.

Me hizo saber antes que nada que a él esas cosas no le preocupan. Si bien esos temas eran algo que estaban más allá de su conocimiento, no le preocupaba en lo más mínimo, porque él era firme en pensar que si uno no cree en esas cosas simplemente no existen. Pero me advirtió que a la gente de sociedad, al gobierno, al ejército, esas cosas les asustan, les preocupan y tratan de erradicarlas, por lo tanto no quería saber si mis investigaciones o mis amores me habían llevado a la brujería, pero sería mejor que me alejara y protegiera; de cualquier forma él me apoyaría siempre.

Don Chuy me platicó que los militares le habían cuestionado sobre Maisha y sobre mí. Le preguntaron que si yo me hallaba cerca de la región de Tula en la fecha de los sangrientos asesinatos de los siete soldados.

—Sé que en eso no tuviste que ver —dijo—, pero ni Ramiro ni yo les dijimos que vivías por allá en esos días, para evitar confusiones.

También me comentó que una dama de las que había conocido en su fiesta le había propuesto poner un consultorio en la capital, donde ellos invertirían y yo atendería. Según la mujer yo era profesional, carismático y confiable.

Le dije a don Chuy que esa propuesta sí me agradaba. Quedamos en contactarnos nuevamente cuando yo estuviera en la capital y me dio los datos de la casa en la capital de aquella dama.

Al retirarme don Chuy me detuvo nuevamente y me preguntó, tras una pausa, que si necesitaba dinero. Le agradecí la intención, pero aún me quedaba suficiente de lo que había traído desde Europa.

Regresé por Maisha y nos retiramos a nuestra casa cerca de la laguna, donde estuvimos tranquilos y felices un tiempo.

Tres días después Maisha y yo nos despertamos por la noche, al mismo tiempo. Algo nos hizo abrir los ojos, pero no fue un ruido ni algo identificable. Simplemente Maisha me preguntó que si sentía lo mismo y le confirmé que sí.

Algo extraño había que nos asustó. Empacamos algunas cosas (lo que había a la mano, como mi libro de notas, mi costal con dinero, las botas de Maisha y su vestido de piel de venado) lo más rápido que pudimos y salimos de casa, hacia las colinas cercanas.

Estábamos ya en la colina de enfrente cuando vimos a una fila de hombres con antorchas y quinqués dirigirse hacia nuestra casa. Nos escondimos y observamos. Traté de ver mejor y mi visión se agudizó, permitiéndome diferenciar claramente —aun en la oscuridad— y distinguir muy bien la escena, incluyendo los rostros de la gente.

Era un conjunto de soldados y otros uniformados, como policías o algo así. Llevaban atado a un hombre, cuyo nombre no pude recordar, pero era habitante de la región bien conocido por nosotros. Lo obligaron a señalar nuestra casa y los soldados llamaron a la puerta, apuntando con sus

armas. Al no encontrar respuesta, la derribaron. No encontraron a nadie y prendieron fuego a la casita. El hombre que guiaba a los soldados disparó un arma de fuego sobre la cabeza del hombre que les había guiado. Yo nunca había visto un arma como la que usó, así que enfoqué más mi visión en ésta cuando la guardó en su cintura. Entonces pude distinguir también la garrafa de aguardiente barato en el mismo cinturón.

Felguérez había guiado a los soldados para buscarnos y obligó a nuestro vecino a delatarnos, acabando con su vida finalmente.

Maisha me abrazó y lloró al ver su casita en llamas.

Nunca debieron hacer eso. Por bien de ellos. Maisha se enojó y se levantó, dando firmes pasos en dirección a su casa; levantó las manos al cielo. Nunca la había visto tan enojada. Literalmente lanzó maldiciones sobre los hombres que habían destruido su morada.

Los hombres se movían ya hacia el campo, tal vez para buscarnos, cuando Maisha gritó, mirando hacia el cielo.

Enormes llamas se levantaron alrededor de los intrusos, bloqueándoles el paso en cualquier dirección. De pronto Isha y León, una bruja y un hechicero, conocidos y vecinos nuestros, aparecieron junto a nosotros.

—Bien hecho, Maisha —dijo Isha—. No los dejes salirse con la suya.

—Estaban buscándoles —explicó León—. Todos corremos peligro, empiezan a cazar brujas.

Isha se acercó a Maisha, se unió a ella levantando los brazos también y entonces empezaron a caer rayos y truenos.

Estaba enojada y le decía a Maisha cuánto le habían dañado aquellos hombres con la pérdida de su casa, su lugar de trabajo, sus instrumentos mágicos y su reputación ganada en años. Isha también hizo saber que si empezaban buscando a Maisha seguirían con todos los amigos de la región. Lo que Isha decía enfureció más a Maisha. Isha le ordenó acabar con todos y entonces las llamas crecieron, quemando a los invasores, al mismo tiempo que un rayo cayó —provocado por Isha, según creo, porque Maisha no tenía poder sobre rayos y truenos. Alcancé a ver a Felguérez correr hasta un caballo, despojándose de su casaca quemada por el fuego. Fue el único sobreviviente, gracias al veloz caballo negro. El siguiente rayo de Isha no le alcanzó, ni las llamas al caballo.

Maisha e Isha bajaron los brazos. Rayos, truenos y llamas desaparecieron. Sólo la casa permanecía en llamas.

Maisha cerró los puños y sacudió los brazos rápidamente.

El fuego de la casa desapareció. Después supe que ella no habría podido detener el fuego cuando incendiaron los soldados porque no lo inició ella. Sólo después de haber incendiado con su propio poder y unir las llamas con el incendio tuvo control sobre el fuego en la casa. Nos acercamos a buscar lo que pudiéramos rescatar de la casa.

No pudimos sacar mucho, pero logramos salvar las piedras con las que Maisha creaba el círculo mágico los días de mi transformación.

Esa noche Isha y León nos brindaron su casa. Nos dijeron que hechizarían el lugar para que nadie con malas intenciones pudiera acercarse.

De cualquier modo, Maisha estuvo convencida de ir a la capital conmigo y poner el consultorio en el que don Chuy invertiría.

Hicimos el viaje a la capital cargando pocas cosas, pero suficiente dinero. Nos alojamos en una posada temporalmente; el mismo día que llegamos me dirigí con la dama que había dejado sus datos con don Chuy, doña Elizabeth. Ella estuvo feliz de verme y preguntó por Maisha. Me insistió que la llevara pronto y me mostró las instalaciones de lo que sería el consultorio. Al día siguiente Maisha me acompañó y empezamos a trabajar arreglando el dispensario. Ahí mismo tuvimos habitaciones para vivir, en un principio.

El consultorio fue un éxito. Doña Elizabeth y don Chuy nos felicitaron.

Todo iba bien hasta un día en que Felguérez se apareció con un nuevo grupo de hombres.

La tarde llegaba a su fin cuando notamos que algo o alguien nos seguía. Caminamos más a prisa, tratando de meternos entre las calles y callejones. Aún no salíamos del centro de la capital —pasábamos detrás de la catedral— cuando el crepúsculo enmarcó las siluetas de los hombres armados que nos cortaron el camino.

Felguérez apareció frente a nosotros, dando órdenes de que sujetaran a Maisha. Apuntó su extraña pistola sobre mí mientras reía. Los soldados nos rodeaban ya. Felguérez se acercó a Maisha, a quien habían atado por las muñecas.

—Creyeron que de mí se podrían escapar —decía Felguérez en tono vanidoso y despectivo—. Pero no es así. Ahora, sin necesidad de juicio previo, tengo ya apresados a un asesino y a una bruja para la hoguera.

Felguérez tomó a Maisha por la cadera y la jaló hacia él para chocarla con su cuerpo. Como acto reflejo salté y lo golpeé muy fuerte para derribarlo. Él cayó y se levantó inmediatamente, apuntando de nuevo su arma hacia mí.

Los demás soldados prepararon también sus armas.

—Sé lo que eres, sé lo que haces —gritó Felguérez—. Y aquí tengo balas de plata para ti.

Antes de que yo pudiera fijar mi vista en sus ojos alcancé a ver cómo disparó. Hasta me pareció ver cómo el proyectil salía del cañón de la pistola. Más por instinto que por voluntad, mi cuerpo se movió hacia un lado y esquivé la bala dirigida a mi cabeza.

De inmediato salté sobre Felguérez, pero otro soldado disparó; no me alcanzó a mí: hirió a Maisha. Alcancé a golpear a Felguérez nuevamente y me dirigí hacia Maisha, herida. Los militares la apartaron de mí y no me permitieron alcanzarla. Yo quería librarla de sus ataduras.

Mi ira se desbordó. Empecé a golpear a los soldados para abrirme paso hacia Maisha. Ella me hizo señas con su barbilla —porque sus brazos estaban atrapados— indicándome mi amuleto. No lo pensé mucho y giré el amuleto a la posición abierto, mostrando el lobo. La transformación tuvo lugar de

inmediato, sin esperar la sombra de la noche y sin ser día fechado para el cambio. Esta vez la transmutación duró sólo unos segundos, no minutos, como sucede normalmente. Me

dispararon en seguida y apuntaron a Maisha con armas y espadas. Salté sobre los que intentaban dañar a Maisha. Ella cayó porque estaba herida. Cubrí su cuerpo con el mío y mordí sus ataduras para liberarla. Con las garras de las manos derribé a los soldados que habían estado cerca de Maisha.

Sentí disparos en mi cuerpo, y algunas espadas, pero sólo me cuidaba de Felguérez y sus proyectiles de plata. Recuerdo que rompí una espada con mi antebrazo; aproveché que laespada había bajado y la golpeé por la parte sin filo mientrasla punta chocaba en el suelo. A otro soldado le empujé la espada y se cortó él mismo. Mordí a algunos por el cuello, a otros les pegué con los puños y garras. Seguía sintiendo golpes, cortadas y disparos, por lo que preferí atacar al cuello porque los eliminaba más rápido.

Tuve que morder y acabar con todos los soldados aún bajo la rojiza y tenue luz del crepúsculo. Esa vez no pude contarlos, pero fueron muchos. Tampoco conté cuántos disparos me hirieron, pero era un dolor inmenso. Maisha no podía moverse bien y sangraba mucho. La lucha tardó bastante.

Terminé muy herido, pero acabé con todos. A Felguérez lo dejé al final. No debí hacerlo así, porque a pesar de que lo había herido, recuperó un arma y disparó otra vez sobre

Maisha. Ese segundo disparo la hirió en el abdomen.

Me lancé sobre Felguérez y peleamos a golpes. Su desagradable aspecto, sus molestos olores y lo repugnante de sus acciones me hacían sentir un enorme desprecio por él. Así que lo hice sufrir. Lo golpeé en el pecho y en el estómago varias veces, enterrando mis garras. Ataqué su cabeza con mis antebrazos y codos. Terminé desgarrando su cuerpo. Yo estaba muy furioso. Perdí el control, aunque no la conciencia.

No sabía si comer el corazón de alguien que no me caía bien, por lo que sólo lo escupí y lo destrocé sobre la tierra.

Lo sentí como un corazón podrido y no quise contaminar con eso mi espíritu. Sólo devoré los corazones de los demás soldados. Eso me hizo sentir un poco más de fuerza. Aumenté mi poder y me acerqué a Maisha, que agonizaba.

Con sus manos alcanzó a cerrar el amuleto y volví a ser humano. Dijo que ella me curaría mis heridas, pero tendría que llevarla primero al consultorio. Se desmayó.

No encontré mi ropa y me puse los pantalones de uno de los soldados. No me afectaron los testigos del enfrentamiento. Mi mente estaba concentrada en Maisha y en mí mismo. Mi vista empezaba a nublarse, así que lo que me importó fue regresar a casa pronto.

Alcancé a llegar a tiempo al consultorio. Ese día permaneció cerrado porque habíamos salido a comprar hierbas y material para elaborar medicamentos; aun así entré por la puerta trasera.

Pude atender a Maisha y curar sus heridas. Fue difícil recuperarse de dos disparos de arma de fuego, pero lo logró.

También para mí fue difícil. Muchos disparos entraron en mi cuerpo siendo hombre lobo, pero aunque sangré abundantemente y el dolor siguió por días, logré reponerme. A mí me ayudó el extraño cambio en mi metabolismo para cicatrizar las heridas muy rápidamente. Claro que la magia de Maisha nos ayudó a ambos.

Maisha se recuperó y la vida nos sonrió nuevamente.

Después todo fue más tranquilo, aunque el episodio del hombre lobo dejó testigos y se volvió leyenda. Afortunadamente nadie reconoció nunca a Maisha, ni a mí tampoco.

Se hablaba de lo que pasó con Felguérez y sus seguidores, pero nunca nadie dirigió sus sospechas hacia nosotros.

Por cierto, después me enteré que el grupo que había llevado Felguérez a quemar la casa de Maisha en la laguna cercana a Veracruz y el que nos asaltó en el centro de la capital no eran

soldados del gobierno, ni tenían orden directa de proceder. Lo que sucedió fue por iniciativa de Felguérez únicamente.

El consultorio fue muy concurrido y tuvimos que poner dos: uno para la gente que pedía consulta y otro exclusivo para nuestros patrocinadores y la gente de sociedad.

En la vida profesional nos fue bien. Después nuestros patrocinadores nos permitieron contratar a otros médicos para supervisarlos; nos apoyaron también para que yo diera

clases de francés a las damas de la clase alta y Maisha enseñara español a niños indígenas.

Poco a poco, practicando las enseñanzas de Zeotl, y con la ayuda de Maisha, más trabajo, disciplina y voluntad, controlé mejor las transformaciones, mi mente y mi conciencia.

Sin embargo, aún no logro erradicar la transformación. Entonces sucedió lo más maravilloso: Maisha y yo tuvimos un bebé. Nuestro hijo es hermoso desde que nació.

Seguramente trae la maldición del lobo, pero es un bebé encantador. Cuando crezca y sea mayor trataremos ese asunto. Y será él el primero que lea este libro.

De la misma forma, hijo mío, te indico que hagas que mi nieto, al llegar a la edad que tú sabrás, lea este libro que le ha legado su abuelo.

Tengo una costumbre desde que vivimos en la capital. Ahora disfruto de mi poder de hombre lobo. Ya no me gusta esconderme. Muchas de las noches en que me transformo salgo de casa, recorro las calles de la capital durante la noche, aullando, gruñendo, espantando a la gente y buscando

cazar algo de poder. Esas escapadas nocturnas constituyen mi vicio en esta época de mi vida. Exceptuando el susto y el terror que he causado no es mucho el daño que provoco.

Es poco comparado con la gran sensación de libertad y poder de la que disfruto tanto. Creo que ya he recorrido toda la capital, pues mi fuerza y velocidad me han permitido desplazarme a lo largo de todo el territorio.

Después de la última batalla con los soldados, el amuleto me ha permitido volver a realizar la transformación sin esperar a la luna llena. Ahora puedo hacerlo a voluntad con un poco de esfuerzo, y hasta sin el amuleto. También he realizado viajes con el cuerpo energético, instruido y acompañado por Maisha, pero disfruto mucho más las solitarias escapadas nocturnas con mi cuerpo de hombre lobo.

EPÍLOGO

Por Maisha.

Yo soy Maisha. Me conoces y no hay mucho que decir porque Thierry ya escribió bastante sobre mí. Tal vez exageró al hablar de mis cualidades, pero se lo agradezco; así como le agradezco toda una vida de esfuerzo, lucha, logros y felicidad. Yo no escribo como él, pero hasta hace poco me he puesto a leer los manuscritos que dejó a nuestro hijo y me siento con la obligación de poner el punto final al libro

de su vida. Siempre supe que escribía sobre sus transformaciones, pero hasta hace poco tomé el texto y lo leí. Me gustó la forma en que contó todo.

Primero que nada, no edité ni censuré el libro de Thierry. Únicamente quité algunos párrafos donde él hablaba con detalle de mi magia y su aplicación. El haber quitado esos párrafos no afecta en lo más mínimo su relato original. Los quité porque considero que el mundo en esta época aún no está preparado para ese tipo de conocimiento mágico. Aunque se están dando muchos cambios, y en poco tiempo, quién sabe. Las colonias inglesas proclamaron su independencia el año pasado y algo me dice que las demás colonias seguirán el mismo rumbo. Y si llega a haber más libertad, libertad verdadera de creencias y conocimientos, entonces sí, valdría la pena escribir sobre ese conocimiento mágico. Aunque no creo llegar a ver ese día, guardo mi libro de notas y mi libro de las sombras personal.

Después de lo último que escribió Thierry, seguimos practicando control en las transformaciones. Sí logró alcanzar gran control, pero nunca pudo evitar o erradicar la transformación. Fue muy feliz los cuatro años que pudo convivir con su hijo. A nuestro hijo le pusimos Zeotl Daniel.

Thierry cambió su apellido por el mío. Así que Thierry Godart cambió a Thierry González y nuestro hijo se llama Zeotl Daniel González. Ahora tiene ocho años.

Nuestro hijo se acuerda mucho de su papá. Yo también extraño mucho a Thierry. Una enfermedad que ni él ni yo pudimos detener acabó en poco tiempo con su vida.

Pensamos que la enfermedad se dio por experimentos que estuvo haciendo con su sangre para tratar de acabar con las transformaciones.

A pesar de que los últimos años de su vida Thierry disfrutaba su condición de hombre lobo, siempre, hasta su muerte, siguió buscando la manera de evitar para siempre las transformaciones. Pienso que tal vez ya no lo hacía por él, sino por su hijo. O tal vez por curiosidad científica.

Gracias a Dios ahora tengo recursos suficientes para asegurar la educación de Zeotl Daniel; además, vive con nosotros Soledad, una mujer que lo cuida desde bebé. Soledad no es bruja ni iniciada, pero es inteligente y entiende que hay cosas que la ciencia no puede explicar. No sabe de las trasformaciones de la familia.

Soledad ha sido importante para mí y lo será para Zeotl Daniel, porque lo acompañará y lo cuidará mientras crece.

Este libro también deberá acompañarte, Zeotl Daniel.

Tendrá que ser así porque también me ha invadido una enfermedad que no puedo curar y sé que no me queda mucho tiempo de vida. Tal vez si aún viviera Zeotl el viejo podría prolongar un poco más mi existencia.

Así que dejaré mi hijo y este libro al cuidado de Soledad. Sólo me duele dejar a mi hijo siendo un niño, pero ya no hay nada que pueda hacer para evitarlo. Lo bueno es que mantengo la ilusión de reencontrarme de alguna forma con Thierry en algún lugar del infinito, después de mi muerte.

En mi vida sólo existió Thierry como mi hombre, como mi lobo. Sólo a él entregué toda mi energía.

Cuando muera entregaré toda mi energía al infinito con la intención de fortalecer la de mi hijo y su descendencia.

Con toda la magia que aún tengo pude ver que mi hijo, o su descendencia, tendrán que librar batallas mágicas, batallas de poder, en las que enfrentarán magia muy fuerte que aún es desconocida para mí. Seguro se trata de la orden mágica original que hechizó a la familia. Habrá enfrentamiento en el futuro.

Hijo, si quieres protegerte, no vayas a Europa. Y si decides enfrentar la batalla, toda la fuerza y energía de Maisha y Thierry te acompañan en tu batalla.